Chère Lectrice,

Il existe dans la vie des moments extraordinaires de hasard et de chance.
Dans les romans de la Série Coup de foudre, vous découvrirez le destin étonnant de héros modernes, emportés dans une aventure passionnante, pleine d'action, d'émotion et de sensualité.
Duo connaît bien l'amour. La série Coup de foudre vous séduira.

Coup de foudre : le rêve vécu,
quatre nouveautés par mois.

Covent Garden, à Londres

Série Coup de foudre

JENNIFER DALE

Musique de rêve

Les livres que votre cœur attend

Titre original : *Tender rhapsody* (7)
© 1983, Jennifer Dale
Originally published by
THE NEW AMERICAN LIBRARY,
New York

Traduction française de : Dominique Minot
© 1985, Éditions J'ai Lu
27, rue Cassette, 75006 Paris

Chapitre 1

PENCHÉE À LA FENÊTRE DE SON BUREAU, AU DIX-SEPTIÈME étage d'un gratte-ciel new-yorkais, Judith Vanover embrassait du regard la rue où grouillait une foule affairée au milieu d'un trafic intense. D'ordinaire, ce spectacle l'amusait. Arrivée depuis quelques années seulement de sa province natale, elle était tombée amoureuse de la « Grosse Pomme », comme on appelait communément cette métropole. Mais aujourd'hui, elle était d'humeur morose. Se tournant brusquement vers Kurt Sherrill, son directeur, elle dit avec amertume :

— Ce n'est pas possible, Kurt ! Il doit y avoir un autre moyen de s'en sortir, surtout pour une agence aussi connue et puissante que la vôtre !

— Nous avons discuté ce problème cent fois déjà, Judith. Je comprends très bien votre désarroi. Que croyez-vous que je ressente moi-même ? Après tout, c'est moi qui ai dû prendre la responsabilité de cette décision. Les chiffres ne mentent jamais, vous savez ! Si nous continuons encore un an sur ce mode, l'agence Lauden n'existera plus. Je n'avais que deux solutions : devenir l'agent d'artistes de variétés ou fermer boutique. J'ai opté pour la première. Qu'auriez-vous fait à ma place ?

Judith regarda son directeur en silence. Il paraissait malheureux et avait beaucoup vieilli ces dernières semaines. Les rides profondes de son front s'étaient accentuées. Non, vraiment, elle ne devait pas lui faire de reproches.

Il y avait plus de cinquante ans que l'agence Lauden jouissait d'une réputation prestigieuse à New York. Ses clients étaient tous des musiciens classiques de très grande classe. Judith, qui travaillait là depuis trois ans, était très fière d'avoir obtenu ce poste dès la fin de ses études. Mais son amour-propre venait d'en prendre un coup. Elle ne pouvait imaginer que les pressions économiques obligent l'agence à représenter des artistes de variétés. L'idée lui en était intolérable, elle méprisait cette musique. Evidemment, Kurt avait fait son possible pour éviter cette issue et il y était parvenu jusqu'à ces dernières semaines. Malheureusement, la trésorerie de la société donnait des signes d'essoufflement.

— Je souhaiterais que vous restiez avec nous, Judith, mais si vous préférez donner votre démission je le comprendrai et ne vous en voudrai pas. Je vous ferai même un excellent certificat.

Sentant monter les larmes, Judith se redressa et déclara d'une voix aussi ferme que possible :

— Il n'en est pas question, Kurt. Je veux vous aider dans toute la mesure de mes moyens. En conjuguant nos efforts, nous réussirons peut-être à assurer nos arrières et à reprendre ensuite nos activités comme avant.

— A votre place, je ne tablerais pas trop là-dessus. De nos jours, hélas, c'est avec la pop-musique, le rock et la country-musique qu'on fait son bénéfice.

— Je sais, je sais, murmura-t-elle. J'essaie de me rassurer, voilà tout !

— Alors, vous restez vraiment ?

— Oui, Kurt. En dehors du fait qu'on ne trouve pas facilement de travail dans notre branche, je suis loyale de nature et je n'oublierai jamais que vous m'avez donné ma chance en engageant la jeune fille inexpérimentée que j'étais. J'aurais honte de ne pas rester à vos côtés au moment où vous affrontez des difficultés.

Le sourire chaleureux qu'elle lui adressa était plein d'une sincère affection.

— Je vous en remercie vivement, Judith.

Il lui lança un regard qui, s'il n'était venu d'un monsieur aussi respectable, aurait pu être troublant.

— Vous êtes prête pour votre première mission ?

— C'est-à-dire ?

Kurt sortit de son tiroir un dossier dont il lut les pages préliminaires sans lever les yeux. Puis il regarda Judith par-dessus ses lunettes.

— Vous avez entendu parler de cet Olivier ?

— Je ne crois pas. C'est son nom ou son prénom ?

— Son pseudonyme, il me semble. Vous allez bientôt le voir en personne. Il s'agit d'un jeune rocker en pleine ascension, qui écrit ses chansons lui-même et en compose la musique. En ce moment, il passe en vedette au club Anthony où vous irez l'écouter un de ces soirs. Il y a quelque temps déjà, il nous avait demandé de prendre ses affaires en main, mais je n'avais pas donné suite. Quand je l'ai rappelé ce matin, il m'a dit être toujours dans les mêmes dispositions. A mon avis, il doit avoir la grosse tête ! Il semble si confiant dans son étoile montante ! Mais il reconnaît qu'il atteindrait plus facilement les sommets s'il était débarrassé de tous les soucis commerciaux de sa carrière pour se consacrer entièrement à sa musique.

— Qu'est-ce que je viens faire là-dedans ?

— La même chose qu'avec vos clients classiques.

Vous assisterez à son spectacle, vous vous ferez une idée de ce qu'il vaut, vous irez lui parler et discuterez les bases d'un éventuel contrat. Je pense que vous n'aurez aucun problème.

— Sauf en ce qui concerne sa musique. Je n'y connais strictement rien !

— Ne vous butez pas sous prétexte qu'il s'agit de rock. C'est un préjugé qu'il nous faudra tous surmonter. Même si vous n'aimez pas ce genre de musique, vous restez capable de juger la qualité de son travail et surtout les réactions du public. Cela fait partie de votre métier et vous n'avez jamais eu de difficultés jusqu'à présent.

— Entendu. Je verrai ce que je peux faire de ce M. Olivier. Rassurez-moi sur un point, cependant : est-ce qu'il jette des objets à la tête des spectateurs ? S'entoure-t-il de serpents quand il est sur scène ?

Bien que Kurt eût envie d'éclater de rire, il ne put s'empêcher de froncer les sourcils.

— Voyons, Judith, soyez raisonnable. Je ne vous envoie pas au cirque. Tous les rockers ne sont pas fous. Nous nous trouvons aujourd'hui dans l'obligation de nous occuper de cette catégorie d'artistes, mais n'oubliez pas que le nom de notre société a toujours été synonyme de qualité. Dans son domaine, il paraît qu'Olivier est le meilleur. A vous de le vérifier.

Il se leva et lui remit le dossier.

— Tenez, ajouta-t-il en lui tendant une cassette, Olivier m'a fait parvenir ceci. Vous voudrez sûrement l'écouter.

Aussitôt revenue dans son bureau, Judith appela le club Anthony pour s'informer des horaires des spectacles. Puis elle demanda à parler à M. Olivier lui-même, de la part de la Lauden, pour fixer un rendez-vous, mais la personne qui était au bout du fil refusa net ; elle promit cependant de lui faire la commission et de lui dire qu'un représentant de l'agence viendrait le voir le lendemain entre ses deux tours de chant.

Judith passa le reste de l'après-midi à régler les affaires courantes, s'efforçant d'oublier la corvée qui l'attendait. Au moment où elle se préparait à rentrer chez elle, elle entendit frapper trois petits coups familiers à sa porte.

— Entrez, Drew !

Drew Robinson, un des associés de l'agence, était un bel homme toujours tiré à quatre épingles. Que ce soit à neuf heures du matin ou à six heures du soir, son costume n'avait jamais un faux pli, sa chemise blanche jamais une tache et sa coiffure jamais une mèche folle.

— Vous venez prendre un verre ou dîner avec moi ?

— Merci, Drew, mais je ne me sens pas très en forme ce soir. Je serais de mauvaise compagnie. Une autre fois, si vous voulez bien.

— Entendu. Mais je suis prêt à essayer de vous remonter le moral, si vous voulez.

Vraiment, songea Judith, quelle ténacité ! Depuis bientôt trois ans il tentait sa chance. Elle avait pourtant été très honnête dès le début, cherchant à lui faire comprendre qu'elle le considérait comme un bon camarade, rien de plus, décision qu'il prétendait avoir acceptée. Néanmoins, il continuait à donner la désagréable impression qu'il attendait d'elle un sentiment plus romantique.

— C'est gentil de votre part, Drew, mais je vais rentrer à la maison écouter ceci !

Avec un dégoût manifeste, elle pointa l'index vers la cassette.

— Oh ! dit-il avec un sourire entendu, c'est un client nouveau genre ?

— Hélas ! oui. Un certain Olivier. Pas Olivier quelque chose ni quelque chose Olivier ! Olivier tout court ! J'aurai l'insigne honneur de le rencontrer en personne demain soir.

— Voulez-vous que je vous accompagne ? demanda Drew, une lueur d'espoir dans les yeux.

Pour une fois, elle lui fut reconnaissante de sa proposition. Elle qui ne fréquentait pas les night-clubs, elle craignait de s'y sentir mal à l'aise toute seule, même si elle y allait à titre officiel. Sa profession n'était pas écrite sur le bout de son nez et elle redoutait les regards insistants et les avances gênantes.

— Vous êtes libre ?

— Bien sûr. Je ne serai de corvée avec mon premier client nouvelle vague que le week-end prochain.

— Qui avez-vous tiré à cette loterie ?

— Un chanteur de musique pop. Je m'envole pour Nashville vendredi soir.

— Après tout, je ne suis pas si mal lotie, fit Judith en riant.

Elle imaginait difficilement un homme comme Drew obligé d'assister à un concert de pop-musique au milieu de jeunes déchaînés.

Le lendemain soir, Judith quitta le bureau un peu plus tôt que de coutume et rentra directement chez elle pour se changer. Elle hésitait sur la tenue à mettre. Devait-elle se montrer sous un jour ultra-professionnel et sophistiqué ou pouvait-elle se permettre quelque chose de moins sévère ? Certes, elle était en mission officielle, mais sa féminité refusait de se donner des airs de douairière. Pourtant il ne fallait pas qu'elle paraisse trop jeune, Olivier la croirait inexpérimentée. Finalement, elle opta pour une robe classique bleu marine mais décida de faire un compromis en serrant ses longs cheveux blonds dans un chignon haut d'où s'échappaient de petites boucles qui lui adoucissaient le visage.

Quand Drew, propre comme un sou neuf selon son habitude, vint la chercher à l'heure précise convenue, il la regarda avec admiration.

— Vous êtes superbe ! Mais qu'est devenue cette robe blanche rebrodée de fils d'argent qui vous donne l'air d'une déesse ? Tous les hommes qui vous regardent deviennent fous quand vous la portez !

Judith rit à l'idée que quelque chose pût faire perdre la tête à Drew.

— Je ne suis pas censée séduire cet Olivier, vous savez ! C'est un rendez-vous d'affaires, rien de plus !

— L'un n'empêche pas l'autre, répondit-il malicieusement.

— Vous rêvez, cher ami. Vous m'imaginez succombant au coup de foudre pour un as du rock ?

Il se mit à rire aussi.

— Pas du tout, en effet !

Un étrange sentiment envahit Judith. La voyait-on comme elle était vraiment ? Ou bien la croyait-on simplement efficace, contrôlée et ennuyeuse à mourir, selon l'image qu'elle donnait d'elle-même ? Pourtant, comme elle cachait d'autres richesses : elle avait beaucoup à donner... à condition de trouver la bonne personne, évidemment. Exigence et froideur n'étaient pas forcément synonymes.

En arrivant au club, elle murmura :

— Puis-je vous poser une question ?

— Bien sûr, Judith.

— Je voudrais rencontrer Olivier en tête à tête. Alors, ne m'attendez pas tout à l'heure, je prendrai un taxi.

— Ne vous inquiétez pas. Je patienterai avec plaisir jusqu'à la fin de votre entretien.

— Vous êtes gentil.

— Vous vous en apercevez enfin ?

La table qui leur avait été réservée était bien placée, ni trop près ni trop loin de la scène. Judith aurait tout loisir d'observer Olivier sans rien perdre des réactions du public, car elle s'était juré de ne pas laisser ses goûts personnels influer sur son jugement.

Bientôt les lumières de la salle baissèrent tandis que s'allumaient la rampe et les projecteurs de la scène. Judith, les yeux fermés, pria le ciel de l'aider à supporter cette épreuve. Quand elle les rouvrit, Olivier était sur le plateau.

Grand, musclé, les épaules larges, il n'avait rien du gamin que Judith s'attendait à voir. Sans doute avait-il à peu près le même âge qu'elle. Brun, les yeux bleus et les traits volontaires, il ne montrait pas la moindre mièvrerie mais une séduction incontestable émanait de lui. Judith fut surprise de ne pas le voir affublé d'un de ces costumes ridicules et vulgaires, courants dans ce genre de spectacle : ni vareuse de satin aux couleurs voyantes, ni coiffure singulière mais tout simplement un pantalon noir, une chemise blanche, un veston et... une cravate !

Elle jeta un coup d'œil à Drew qui haussa les épaules, l'air de dire : on verra bien.

— Détendez-vous et profitez tranquillement du spectacle, murmura-t-il.

Elle hocha la tête, repoussa son verre sur la table et concentra toute son attention sur Olivier.

Il s'était mis à chanter sans un mot de présentation préalable. La vague musicale s'enfla et conquit la salle d'emblée. Le chanteur dominait son public avec une facilité déconcertante. Les couplets s'égrenaient, tantôt mélancoliques, tantôt fougueux, soutenus par le rythme d'une orchestration très élaborée. Des salves d'applaudissements accueillirent la fin de la première chanson. Quand les spectateurs se calmèrent enfin, il s'avança vers la salle et sourit comme s'il s'adressait personnellement à chacun. Judith se surprit à retenir son souffle. Un léger frisson agita ses épaules. Drew la regarda avec inquiétude mais elle le rassura d'un geste.

— C'est merveilleux d'être avec vous ce soir, déclara Olivier au public. Excusez-moi pour ce début un peu trop lent, mais c'était juste histoire de se mettre en train. Je vous promets du mouvement, maintenant. Allez, mes amis de l'orchestre, on y va.

Judith ne savait pas exactement ce qu'elle entendait mais elle vivait une singulière expérience : incapable de prêter attention aux paroles de la chanson, elle se sentait emportée par la pulsion rythmique et musicale.

Quand le numéro prit fin, Olivier gagna de nouveau le devant du plateau, un sourire de triomphe aux lèvres. Il tenait son public dans le creux de sa main, il en était parfaitement conscient.

— Etant donné que nous allons passer la soirée ensemble, je propose qu'on se mette à l'aise, dit-il avec un sourire engageant.

Joignant le geste à la parole, il ôta rapidement son veston qu'il jeta négligemment en coulisse. C'est alors qu'il entonna une chanson dont le rythme lent et palpitant se transforma rapidement en un battement frénétique. En même temps, il enlevait sa cravate, ouvrait les premiers boutons de sa chemise, dont l'échancrure laissa apparaître quelques boucles brunes. La sueur perlait à son front. Les spectateurs, subjugués, le suivaient intensément. Quand il finit par ôter sa chemise, Judith comprit l'intérêt de sa tenue classique : elle permettait un numéro de sensualité bien plus ensorcelant que n'importe quel costume à paillettes.

Drew lui jeta un coup d'œil entendu, auquel elle répondit par un sourire de connivence : ils étaient tous deux des êtres supérieurs insensibles à ce genre de mystification. Ils connaissaient toutes les ficelles du spectacle, savaient à quoi s'en tenir et ne se laisseraient pas prendre à des pièges grossiers. Mais tout de même, songea Judith, quel sens théâtral possédait ce garçon !

D'un mouvement plein de naturel, Olivier descendit de scène et vint se promener au milieu des clients attablés, micro en main. Lorsqu'il s'approcha d'elle, Judith se sentit curieusement troublée.

Quelle présence, quel magnétisme il avait... Qu'elle aimât ou non cette musique, elle était bien obligée de reconnaître qu'une étrange osmose s'opérait sous ses yeux : Olivier faisait corps avec sa musique comme si l'un ne pouvait aller sans l'autre. C'était incroyable. Il se déplaçait avec élégance, comme un fauve chassant sa proie. On voyait les muscles de ses cuisses se tendre sous le mince tissu de son pantalon ajusté.

Une spectatrice, le regard plein d'une admiration éblouie, voulut l'agripper au passage. Il l'évita habilement, posa un rapide baiser sur sa joue sans s'arrêter de chanter, avec une maîtrise de grand professionnel.

Au bout d'une heure de spectacle, il paraissait épuisé. Judith aussi se sentait lasse, conséquence d'une trop grande tension. Elle évitait de regarder Drew, de crainte de ce qu'il pourrait lire dans ses yeux. Quand elle se fut ressaisie, elle se tourna vers lui.

— Eh bien, demanda-t-il, à votre avis, il est digne de l'agence Lauden ou non ?

— Qu'en pensez-vous ?

— Ah ! Judith, ce n'est pas du jeu ! C'est moi qui ai posé la question le premier et c'est votre jugement qui compte, pas le mien.

— Il a une forte personnalité, il subjugue son public. On l'a senti dès le début.

— Est-ce dû à son talent ou à sa sensualité ?

— Je n'en sais rien. Peut-être un mélange des deux. C'est difficile à déterminer quand on déteste ce genre de musique. Mais vous êtes d'accord : il brûle les planches.

— Oh oui ! Sans aucun doute. D'ailleurs, vous ne vous êtes pas contentée de le regarder ! Vous vous êtes laissé emporter et vous avez participé au spectacle. Je l'ai vu !

Elle voulut nier l'évidence mais se rendit vite compte que c'était inutile et malhonnête.

— Oui, admit-elle, il m'a eue — comme on dit — par moments. S'il obtient un tel résultat de moi qui déteste la musique rock, j'imagine la réaction de ses fans !

— Il les charme, il leur ferait faire n'importe quoi ! répondit Drew sèchement.

— Vous le pensez vraiment ?

— Oui, Judith. Mais ne restez pas là à bavarder. Vous avez rendez-vous avec lui. Dépêchez-vous d'aller le rejoindre.

A contrecœur, Judith se leva. Pour retarder le moment de se retrouver devant Olivier, elle s'arrêta aux toilettes sous prétexte de vérifier son maquillage et sa coiffure. À moins que ce ne fût par vanité... Bah ! Elle n'était pas d'humeur à analyser ses sentiments.

Comme elle s'y attendait, les coulisses débordaient d'admirateurs, dont la foule compacte attendait devant la porte de la loge, dans l'espoir d'apercevoir l'idole. Habituée à ce genre de difficulté, elle remarqua un homme grand et costaud qui contenait la horde trépignante en la surveillant attentivement : un garde du corps, bien entendu. Tant bien que mal elle se fraya un chemin jusqu'à lui, tendit sa carte et annonça qu'elle avait rendez-vous avec Olivier.

— Suivez-moi, dit-il.

Il l'accompagna jusqu'à la porte de la loge qu'il entrouvrit. Aussitôt, la foule se précipita comme un seul homme. Il jura entre ses dents.

— Glissez-vous vite à l'intérieur. Il faut que je reste là pour contenir cette cohue.

Judith se faufila dans l'entrebâillement de la porte, qu'elle referma aussitôt. Personne n'était dans la pièce mais elle entendit l'eau couler dans la salle de bains où Olivier prenait sans doute une douche bien méritée.

Machinalement, elle jeta un coup d'œil sur l'endroit. Les murs étaient, selon l'habitude des gens de spectacle, couverts de photos et de messages d'amis, pleins de vœux de succès. Cassettes, vêtements, timbales en carton et boîtes de conserve jonchaient le sol. Apparemment, Olivier avait besoin d'une femme de ménage plutôt que d'un imprésario ! Une feuille de papier à musique traînait sur la table. Habituée à déchiffrer les partitions, elle jugea l'orchestration plus élaborée qu'elle ne l'aurait cru.

— Que faites-vous là, chère mademoiselle ?

Perdue dans sa lecture, elle sursauta. Olivier était devant elle, encore ruisselant, une serviette éponge nouée autour des reins.

— Vous êtes une débrouillarde ! Vous avez réussi à tromper la surveillance de Stan, mon garde du corps. Bravo ! Vous méritez une récompense. Que préférez-vous, un autographe ou un baiser ?

Elle le regardait, frappée de mutisme. Elle savait évidemment que sa jeunesse en avait trompé plus d'un, mais de là à être prise pour une groupie, une fan de l'idole !

Il rit de son air éberlué, révélant des dents éblouissantes, carnassières, pensa Judith avec colère.

— Allons, je ne pousserai pas la cruauté à imposer un choix aussi difficile. Vous aurez les deux, mais ensuite, promettez-moi de vous en aller sagement.

Il s'approcha d'elle, se pencha et ses lèvres effleurèrent la bouche de Judith. Réveillée tout à coup, elle posa les mains à plat sur la poitrine nue d'Olivier et le repoussa violemment.

— Ah ! Ce n'est pas gentil, protesta-t-il. Si vous préfériez un autographe, pourquoi ne l'avoir pas dit ?

— Monsieur Olivier, dit-elle froidement, je crois que vous souffrez d'hallucinations. Je ne suis intéressée ni par vos baisers ni par vos autographes.

— Alors que faites-vous ici ?

Rouge d'indignation, Judith sortit de son sac une

carte de l'agence Lauden. Dès qu'il eut compris sa méprise, il partit d'un énorme éclat de rire.

— Je ne vois pas ce qu'il y a de drôle ! s'écria Judith, furieuse.

— Je suis vraiment désolé, bafouilla-t-il.

Mais elle lisait dans ses yeux pétillants qu'il ne regrettait rien du tout et qu'il trouvait la situation hilarante, au contraire. Il se moquait bien de l'avoir mise mal à l'aise, presque insultée. Vraiment, ce M. Olivier était un monstre d'égoïsme.

Les yeux gris de Judith avaient viré au noir. Pourtant son honnêteté naturelle l'obligeait à reconnaître que les circonstances ne manquaient pas de cocasserie. Plus tard, peut-être, elle s'en souviendrait en riant, mais pour le moment elle se sentait dépassée par les événements. Son sens de l'humour l'avait complètement abandonnée devant cet homme qui semblait croire que toute femme était obligatoirement une admiratrice inconditionnelle et qui ignorait tout des règles de la plus élémentaire politesse.

Avec une visible impatience elle attendit qu'il reprenne son sérieux.

— Je vous en prie, asseyez-vous et ne m'en veuillez pas, dit-il gentiment. Voulez-vous boire quelque chose pendant que je m'habille ? Le réfrigérateur est plein de rafraîchissements. Je disparais une minute. Nous pourrons ensuite parler à loisir et je vous renouvellerai mes excuses, en espérant obtenir de meilleurs résultats.

Il avait un charme fou, une voix merveilleusement douce. Mais tout cela devait être étudié et Judith l'imaginait passant des heures devant son miroir à répéter les attitudes les plus séduisantes.

— Prenez votre temps, dit-elle froidement. J'attendrai autant qu'il le faudra.

Elle s'assit dignement sur le sofa, en bonne représentante de l'agence Lauden consciente de sa valeur. Il fallait absolument qu'elle se domine, qu'elle ne laisse rien paraître de ses sentiments personnels. Que dirait Kurt, en effet, si elle rentrait à l'agence en annonçant qu'elle avait lamentablement échoué dans sa mission à cause d'un conflit de personnalités !

Quand Olivier reparut, vêtu d'un pantalon noir et d'une chemise blanche, elle était prête à discuter de sang-froid. Le sourire qu'elle lui dédia fut bref et poli, aussi artificiel que ceux de son futur client.

— J'espère que vous m'avez pardonné, dit-il d'un ton léger. Je regrette vraiment cette méprise. En général, mon garde du corps me prévient quand j'ai des visites.

— C'était une telle réunion de fous, là, dehors, qu'il n'a même pas osé s'éclipser une minute. Mais je croyais que vous étiez informé de ma venue. J'avais laissé un message à la secrétaire du club. Enfin, n'en parlons plus. Je vous pardonne d'autant plus volontiers votre erreur que vous êtes visiblement assiégé par une horde d'admiratrices. Vous ne pouviez pas deviner que je n'en faisais pas partie !

Elle s'était exprimée avec sérieux et douceur, mais le résultat ne fut pas celui qu'elle escomptait : de nouveau le rire dansa dans les yeux bleus du chanteur qui avait écouté attentivement les paroles de Judith et s'en amusait ouvertement.

— Un point pour vous, mademoiselle Vanover ! Vous n'êtes certainement pas le genre de femmes que je rencontre habituellement.

Elle ne sut pas si c'était un compliment ou une critique mais pencha pour la deuxième interprétation.

— Nous pourrions peut-être en venir à l'objet de ma visite, dit-elle pour changer de conversation. Tout d'abord, comment dois-je vous appeler ? Monsieur Olivier, ou est-ce votre prénom ?

Il prit un air de conspirateur.

— Etant donné que nous allons travailler ensemble — du moins je l'espère —, je peux vous révéler ce

18

que je ne dis à personne : je m'appelle Tom James Olivier.

— Je vois. Donc, monsieur Olivier...

— Appelez-moi Tom. Je n'aime pas les simagrées. Et vous, vous êtes ?

Il regarda sa carte.

— Ah... Judith. Ou Judy, peut-être ?

— Oh non ! fit-elle sèchement. Judith.

En réalité, avec lui, elle aurait préféré continuer à être Mlle Vanover.

— C'est un prénom qui vous va très bien, répliqua-t-il avec un sourire plein de sous-entendus. Dites-moi honnêtement, personne ne vous a jamais surnommée Judy ?

— Non, personne.

— Bien, bien, j'en devine la raison. Alors, va pour Judith. Je maintiens que cela vous convient à ravir !

— Monsieur... euh... Tom... cela n'a vraiment aucune importance. Dans les relations d'affaires qui vont être les nôtres, peu importe que vous aimiez ou n'aimiez pas mon nom, ni que vous m'aimiez, moi, en l'occurrence.

— Ce serait tout de même plus sympathique d'avoir des rapports agréables, non ?

— Bien sûr, pourquoi pas ? Je sais que vous avez peu de temps avant votre prochain tour de chant, alors soyons brefs et ne perdons pas des minutes précieuses en palabres inutiles. Si vous décidez de nous confier la gestion de votre carrière, il faudra convenir d'un rendez-vous dans nos bureaux pour mettre au point un contrat. Je suis ici pour en discuter les préliminaires et savoir ce que vous attendez exactement de notre agence.

De petites rides malicieuses s'étaient formées autour de la bouche d'Olivier pendant qu'elle parlait. Son amusement mal dissimulé agaçait prodigieusement Judith. Etait-il par hasard le genre d'homme à refuser de prendre au sérieux les femmes d'affaires et à les estimer incapables d'un effort... sauf peut-être lorsqu'elles étaient laides comme les sept péchés capitaux ?

— Comme je l'ai expliqué à votre directeur, je pense que tout le côté commercial de mes activités serait en de meilleures mains si une tierce personne compétente le prenait en charge. Cela me délivrerait de tous les casse-tête financiers qui sont ma terreur. Il y a actuellement des jours où j'ai à peine le temps de m'asseoir à mon piano pour composer... Vous imaginez combien je suis malheureux.

Judith hocha la tête en signe de compréhension.

— Je n'ai pas encore étudié votre curriculum vitae mais il me semble que, jusqu'à présent, vous vous en êtes fort bien tiré sans nous. Vous n'avez pas besoin d'un imprésario pour obtenir des contrats, en tout cas. Il ne s'agirait pour nous que d'en discuter les termes, n'est-ce pas ?

— Vous savez, je réussirais mieux encore si j'étais bien secondé. Avoir derrière moi une agence comme la Lauden ne peut pas me faire de mal !

— C'est notre réputation qui vous a poussé à nous choisir ?

— Evidemment. Quoi d'autre ?

Aussi brièvement et efficacement que possible, Judith expliqua les services que pouvait rendre l'agence, les honoraires demandés, la façon de les régler. Tom Olivier écoutait attentivement, comprenait vite.

— Cela me semble tout à fait satisfaisant, dit-il enfin.

Ses yeux, d'un bleu plus profond qu'il ne le paraissait sur scène, cherchèrent ceux de la jeune femme et s'y fixèrent. Un courant passa entre eux, que Judith n'aurait su définir. Ce fut elle qui détourna le regard la première.

— Voulez-vous réfléchir à notre conversation et me téléphoner pour un rendez-vous quand vous aurez pris votre décision ? Ou préférez-vous retenir tout de suite une date ?

— Méfiez-vous, je pourrais avoir l'impression que vous ne tenez pas le moins du monde à m'avoir dans votre écurie !

— Nous n'aimons pas peser sur les décisions de nos éventuels clients. Leurs désirs sont nos ordres. Par ailleurs, comme toutes les autres agences, nous avons besoin de nouveaux talents.

Elle lui adressa un sourire très professionnel. Celui qu'il lui offrit en retour était si chaleureux qu'elle en fut remuée.

— Très bien. Vous avez mon accord. Voyons-nous n'importe quel jour de la semaine prochaine, l'après-midi de préférence car avec les horaires qu'on m'impose ici, je ne suis guère matinal.

Judith consulta son carnet.

— Mercredi, à deux heures, vous pouvez ?

— Parfaitement.

Il sortit du réfrigérateur des jus de fruits.

— Vous accepterez bien un rafraîchissement avant de partir ?

— Non merci, vraiment. Un ami m'attend et je ne voudrais pas abuser de sa gentillesse.

Elle regarda les canettes avec curiosité et, après un coup d'œil circulaire, nota qu'il n'y avait pas trace d'alcool... pas même un cendrier dans la loge.

— On mène une vie rangée, à ce que je vois ! s'entendit-elle murmurer en se levant pour prendre congé.

— Oui, à cent pour cent. J'ai pris cette décision il y a des années. Qui veut aller loin ménage sa monture, comme on dit, et comme, en l'occurrence, ma monture c'est moi, je me surveille ! J'ai vu trop de catastrophes autour de moi : des voix, des talents, des vies entières irrémédiablement gâchés par... enfin, vous connaissez la chanson.

— Vous êtes un sage, Tom. A mercredi.

— Vous êtes bien silencieuse ! remarqua Drew sur le chemin du retour. Vous avez eu des problèmes avec Olivier ?

— Non, pas vraiment, répondit-elle, choisissant de taire la méprise du début, sans savoir exactement pourquoi elle ne voulait pas en parler à Drew.

Etait-ce une réaction de prudence... ou le résultat de son incapacité à rire d'un pareil incident ? En réalité, le chanteur l'avait impressionnée. Pourquoi ? Elle n'aurait pu l'expliquer.

— C'est un être étrange, dit-elle. Insupportable, égoïste et... plus âgé que je ne l'aurais cru. Il n'a rien d'un blanc-bec cabotin. J'hésite à employer le mot de talent lorsqu'il s'agit de musique rock — cela me semble aussi saugrenu que de considérer les haricots comme un plat raffiné — et pourtant...

— Et pourtant nous sommes d'accord pour reconnaître qu'il en a !

— Sûrement. Sa prestation est incontestablement de très grande qualité. Et il m'a paru intelligent.

— L'avez-vous convaincu de signer un contrat avec nous ?

— Oui. Avouez que c'est fantastique de voir quelqu'un comme lui avoir l'audace de s'adresser directement à une agence comme la Lauden. En tout cas, c'est payant !

Ses propres paroles la déconcertaient. De quel droit se permettait-elle de juger Olivier comme un artiste inférieur ? Elle avait l'impression de parler comme une snob. Toute la soirée, elle s'était sentie mal à l'aise. Ce n'était pas parce qu'elle préférait la musique classique qu'elle devait mépriser les goûts musicaux des autres. Elle s'était montrée sarcastique avec Olivier et se le reprochait maintenant.

Drew gara sa voiture devant l'appartement de Judith et se tourna vers elle, le regard plein d'espoir. C'était le moment qu'elle redoutait, car elle se sentait coupable de n'avoir pas envie de l'inviter à monter avec elle.

— Je... je vous dirais bien de venir prendre un verre, mais il est tard et je suis fatiguée.

— Je comprends.

C'était bien lui ! Toujours résigné, toujours patient, obstiné mais jamais ouvertement déçu. Ils se séparèrent en se souhaitant bonne nuit.

Aussitôt chez elle, Judith, qui n'était pas le moins du monde lasse et se sentait au contraire plutôt excitée, enfila sa robe de chambre, brossa ses longs cheveux et s'assit au piano, un superbe piano de concert qui occupait le milieu de son grand living. Elle plaqua quelques accords mais ne se sentit pas d'humeur à poursuivre.

Un des moments les plus pénibles de sa vie avait été celui où elle avait dû reconnaître qu'elle n'était pas assez douée pour devenir la pianiste professionnelle qu'elle rêvait d'être. Non qu'elle regrettât son métier actuel mais, au fond d'elle-même, elle ressentait toujours une sorte de frustration, un profond chagrin de n'avoir pas réussi une carrière de soliste.

Elle erra un moment sans but dans son appartement puis alla chercher la cassette que lui avait remise Kurt et la glissa dans l'appareil stéréo. Elle voulait se rendre compte de ce que donnait la musique d'Olivier en dehors de sa présence effective sur scène. Avant même la fin de la première chanson, elle tourna le bouton d'un geste sec. De quoi s'inquiétait-elle ? Personne ne lui demandait de comprendre le rock. Qu'elle se contente donc de s'acquitter convenablement de sa tâche d'agent et de ramasser les bénéfices pour la Lauden, voilà tout ce qu'on attendait d'elle.

Elle se fit une tasse de thé et alla se coucher, un roman sous le bras. Tout en parcourant le livre d'un œil distrait, elle entendait les chansons d'Olivier résonner comme un écho dans sa mémoire. Si seulement elle pouvait couper le son et se débarrasser de l'image obsédante de cet homme ! Sa sensualité la tourmentait. Le sommeil la soulagerait-il de ses préoccupations ?

Chapitre 2

— VOUS VOYEZ, TOM, C'EST TRÈS SIMPLE.

Le projet de contrat entre Olivier et la Lauden était sur le grand bureau qui séparait Judith de son client. Ce vaste espace entre eux donnait à la jeune femme un sentiment de supériorité et de sécurité. Il fallait absolument que Tom ait d'elle l'image d'une femme d'affaires réfléchie et efficace, qu'il ignore tout de sa vulnérabilité et de sa féminité. Elle ne comprenait pas pourquoi elle se sentait si peu rassurée en sa présence.

— Je suis impressionné, dit-il enfin. Je m'attendais que vous me noyiez sous un jargon juridique et hautement technique ! Mais il me semble qu'il n'y a aucun problème. Si vous n'y voyez pas d'inconvénient, je serai heureux de signer tout de suite.

— J'apprécie votre confiance mais vous pouvez vous donner le temps d'emporter une copie de ce contrat et de l'étudier à loisir ou même de le montrer à votre avocat.

— Ce n'est vraiment pas nécessaire. Le contenu m'en paraît très clair.

Il tira de sa poche un stylo en or et, d'un grand geste théâtral, signa le document après l'avoir daté.

— Parfait, dit-elle avec un sourire satisfait.

Elle appuya sur le bouton de l'interphone.

— Suzanne, pourriez-vous venir ici un instant ? Je voudrais que vous me fassiez des photocopies du contrat de M. Olivier qui souhaiterait en emporter quelques exemplaires en partant.

Personne ne répondit au bout du fil.

— Suzanne ? Vous m'entendez ? Si vous êtes occupée, demandez à l'une de vos collègues de vous remplacer.

— Non, non ! J'arrive tout de suite.

Sans doute vola-t-elle jusqu'au bureau de Judith, car la porte s'ouvrit aussitôt et la secrétaire entra, hors d'haleine. Ses grands yeux noirs se fixèrent sur Olivier avec ravissement. Lui ! Ici ! Elle avait eu le souffle coupé en apprenant que son idole était dans les murs de la Lauden et qu'il allait lui être donné de le voir face à face !

Judith la regarda, amusée et un peu agacée.

— Combien de copies désirez-vous, monsieur Olivier ? demanda Judith. Une pour vous et une pour votre avocat ?

— Plus une, s'il vous plaît, que je déposerai dans mon coffre.

— Très bien. Suzanne ?

Plongée dans la contemplation extasiée de sa vedette préférée, elle ne répondit pas.

— Suzanne ! répéta Judith impatientée, vous n'êtes pas au cinéma !

— Euh... Oh ! Pardon. Alors combien ?

— Le nombre habituel pour nos dossiers et trois pour notre client.

— Entendu. Je vous les apporte tout de suite.

Quand elle eut refermé la porte, Judith se tourna vers Tom.

— Je suis désolée ! Ma secrétaire n'a pas l'habitude de rencontrer de grandes stars comme vous. Les flûtistes de l'orchestre philarmonique l'excitent infiniment moins !

— Ne vous en faites pas, je comprends. C'est d'ailleurs grâce à des gens comme elle que ma carrière s'est développée rapidement et je leur en suis reconnaissant. Quant aux flûtistes en question, je vous avouerai franchement que, moi non plus, je ne les trouve pas affriolants !

Pour répondre à son humour, elle voulut trouver quelque chose de drôle mais rien ne lui vint à l'esprit. Quel démon la poussait continuellement à le rabaisser ? Avait-elle peur de perdre son sang-froid devant lui ? Pour cacher son embarras, elle se mit à rire.

— Vous avez un rire charmant, commenta Olivier. Dommage que vous n'en usiez pas plus souvent !

— Comment pouvez-vous dire cela ? Nous ne nous connaissons guère, il me semble.

D'un regard insolent, il jaugea l'ample jupe bien serrée à la taille, la blouse montante, la veste vague qui cachaient soigneusement les formes élégantes et souples de la jeune femme. Puis il observa le chignon sévère, le maquillage discret qui lui donnaient un genre aussi sérieux que raisonnable. Elle sentit la rage la gagner pendant cette inspection silencieuse et s'apprêtait à faire une remarque acerbe quand, heureusement, Suzanne revint avec les photocopies. Elle était encore dans tous ses états et balbutia :

— Heuh... mademoiselle Vanover... est-ce que je... peux... euh...

— Si c'est un autographe que vous désirez, Suzanne, demandez-le directement à M. Olivier.

— Oh ! Monsieur, excusez-moi... Je ne vous ennuie pas ?

— Bien sûr que non, mon petit. Donnez-moi du papier.

Elle lui tendit son bloc sténo sur lequel il apposa sa signature.

— Merci, fit-elle, tout émue.

— Merci de me l'avoir demandé, Suzanne. Je suis content de vous connaître. Peut-être vous reverrai-je maintenant que je suis un des clients de la maison.

— Je l'espère bien...

Elle quitta la pièce à regret. Judith regarda Olivier avec une expression de léger dédain.

— Pas étonnant, dit-elle, que vous soyez si populaire ! Elle va rêver de vous jusqu'à votre prochaine rencontre et un de ces jours vous allez lui ouvrir les portes du Paradis en l'invitant à dîner !

Il éclata de rire.

— Ce serait d'un romantique !

— Les jeunes filles sont romantiques, justement, et stupides.

— Cela lui passera ! Un jour, elle sera aussi posée et raisonnable que vous. En attendant, elle achète mes disques et assiste peut-être à mes concerts. Elle fait partie de ce public anonyme et fervent qui paye pour me voir et m'entendre. Le moins que je puisse faire est d'être gentil avec ceux qui le composent, non ?

— Bien sûr ! La politesse est une grande qualité. Bon, eh bien je crois que nous avons terminé. Si vous avez le moindre problème, n'hésitez pas à m'appeler.

— Promis.

Il se leva et, de nouveau, Judith eut conscience de la virilité de ce grand corps musclé. On ne pouvait l'oublier une fois qu'on l'avait rencontré, ni le ranger tranquillement dans la case marquée « clients » jusqu'à sa prochaine visite.

— Nous aurons sûrement l'occasion de nous revoir assez souvent, dit-il.

Le moins possible, songea-t-elle. Mais elle répondit aimablement.

— Avec plaisir, bien que pas mal de choses

puissent se régler par téléphone ou par correspondance, surtout lorsque nous aurons établi définitivement les bases de notre collaboration. A propos, m'avez-vous apporté la liste des engagements que vous avez signés pour les mois à venir ?

— Non, mais je serai heureux de le faire dès que possible. A moins que vous ne passiez la prendre tout à l'heure au club Anthony où nous avons une répétition. J'en profiterai pour vous présenter mes musiciens.

Judith n'avait qu'une idée : refuser. Mais elle savait que, dans ce métier, il était habituel qu'un agent vienne sur place se rendre compte des choses.

— Entendu. A quelle heure ?

Il consulta sa montre.

— Je dois y être dans une petite demi-heure. Si vous êtes libre, je vous emmène.

— Merci bien, répondit-elle précipitamment. Je n'ai pas encore fini mon travail. De toute façon, mieux vaut que je prenne ma voiture pour vous éviter d'avoir à me raccompagner.

— Mais vous viendrez sûrement ?

— Oui, oui.

— Parfait.

Il lui tendit la main dans laquelle la sienne se perdit.

— Je crois que notre collaboration sera très efficace, Judith.

— Je l'espère.

Elle lui signifia d'un regard que l'entrevue était terminée. Il n'en sembla pas offusqué et tourna les talons sans rien ajouter.

— Je vous présente Rick Harrison, notre batteur, le plus jeune de mes musiciens, arrivé de Memphis il y a quelques années avec son sac à dos. A l'époque, il m'avait fait croire qu'il avait dix-neuf ans. Or il vient tout juste de les fêter cette année !

Le jeune homme à la tête bouclée sourit malicieusement.

— Ces deux-là, poursuivit Olivier, sont Pete Rubin et Gregg Daly, guitaristes et percussionnistes. Là s'arrêtent leurs ressemblances !

— En effet, s'exclama Judith, saluant les deux garçons d'un signe de tête.

Pete ressemblait à une espèce de géant aux yeux noirs et à la barbe drue tandis que Gregg était petit et rond, avec la peau très blanche.

— Voici le dernier membre de notre groupe, Larry Sheppard. Il joue de tous les instruments mais se charge plus particulièrement du piano.

Tous bavardèrent amicalement pendant un bon moment. Finalement, Tom dit :

— Asseyez-vous donc, Judith. Nous allons vous donner un aperçu de notre talent et essayer de vous faire planer dans les hauteurs du rock.

Un peu mal à l'aise, elle se posa sur le bord d'une chaise. L'atmosphère était pourtant très détendue : pas de projecteurs, pas de clients dans la salle, pas une once de cette excitation qui règne toujours avant un spectacle. Ils se mirent à répéter avec entrain et bonne humeur. Elle les écouta en se disant qu'elle serait soulagée quand tous les détails du contrat seraient réglés et que leurs relations se borneraient à quelques coups de téléphone. Décidément, elle n'aimait vraiment pas ce genre de musique.

Quand la répétition fut terminée, Tom se tourna vers elle mais elle ignora délibérément la question qu'elle lisait dans ses yeux. Elle n'allait pas hypocritement le féliciter de cette musique discordante qu'elle trouvait offensante pour les oreilles.

— Merci de m'avoir invitée à assister à votre répétition, se contenta-t-elle de dire.

Elle prit congé de chacun en marmonnant les platitudes habituelles en pareilles circonstances. Au moment où elle franchissait la porte, Tom l'arrêta.

— Judith ! Nous n'avons pas de représentation ce soir, c'est notre jour de relâche. Me permettriez-vous de vous inviter à dîner pour cimenter notre amitié naissante ?

Les lèvres de Judith s'entrouvrirent, prêtes à prononcer des mots de refus catégorique. Mais sous le regard scrutateur d'Olivier, elle se sentit confuse tout à coup. Ce qu'il proposait était courant dans le métier, il le savait aussi bien qu'elle, et la logique lui soufflait qu'elle n'avait aucune raison de repousser cette invitation. Pourtant, elle éprouvait un sentiment proche de la crainte...

— J'accepte à condition que ce soit moi qui vous invite au nom de la Lauden. D'ailleurs, j'allais le faire. Ne protestez pas, surtout ! C'est l'usage.

— Bon. Alors, donnez-moi votre adresse et je passerai vous prendre à l'heure qui vous conviendra.

— On pourrait partir tout de suite. Comme il est déjà tard, nous éviterions une perte de temps.

— A votre aise... Je pensais seulement que vous auriez envie de vous changer.

Ses yeux bleus se posèrent insolemment sur le tailleur strict et la coiffure sévère. Suffoquée par son audace, Judith ne savait si elle devait rire ou se rebeller. Devinant que l'une et l'autre réaction le rempliraient d'aise, elle réussit à le regarder d'un air froid et amusé.

— Si je comprends bien, vous n'appréciez pas ma tenue.

Il haussa les épaules.

— C'est votre affaire. Je croyais que les femmes aimaient se présenter à leur avantage, mais je me trompais sans doute. Je tiens à vous signaler pourtant que j'ai retenu une table dans l'un des restaurants les plus élégants de la ville.

— Comment ? Mais vous ne saviez même pas si je viendrais !

Pour toute réponse, Olivier sourit. Judith, perplexe, décida qu'après tout, peu importait. En cas de refus, il aurait très facilement trouvé une remplaçante. Bien qu'elle détestât sa façon de parler des femmes, elle dut reconnaître qu'il avait raison : si elle acceptait de l'accompagner, mieux valait être sur son trente et un. Fierté oblige !

— Vous avez gagné, Olivier. Evidemment, on n'imagine pas la grande vedette que vous êtes sortant avec une souillon. Je vous promets que vous n'aurez pas honte de moi.

— Tant mieux ! répondit-il effrontément.

D'un geste de la main, il prit congé d'elle.

A cause du trafic intense, Judith mit beaucoup de temps à regagner son appartement. Là, elle se doucha rapidement, se lava les cheveux et se planta devant sa garde-robe. Qu'allait-elle mettre ? Ferait-elle mieux de choisir une tenue réservée afin de garder l'image qu'elle voulait imposer d'elle-même, celle d'une professionnelle offrant un dîner à un client au nom de la société ? Ou bien pouvait-elle abandonner son aspect sévère pour montrer sa jeunesse, sa beauté ? Oh oui ! Ce soir, juste ce soir, elle ne cacherait pas sa vraie personnalité sous des dehors trop respectables.

D'un geste décidé, elle sortit de l'armoire la robe blanche en mousseline de soie brodée de fils d'argent qui plaisait tant à Drew. Les longs plis vaporeux moulaient gracieusement sa jolie silhouette. Elle eut l'air tout à coup d'une déesse grecque.

Elle boucla l'extrémité de ses cheveux qu'elle laissa flotter librement sur ses épaules, retenus de chaque côté par une barrette d'argent. Naturellement grande, elle se sentit royale lorsqu'elle eut chaussé ses souliers à talons aiguilles. En se maquillant plus soigneusement que d'ordinaire, elle se dit qu'Olivier avait intérêt à apprécier ses efforts. Le mal qu'elle se donnait ! Et un soir de semaine, en plus ! Avait-elle perdu la raison ?

Avant qu'elle ait pu répondre à cette question, la

sonnette de la porte d'entrée retentit. L'expression de Tom changea dès qu'il la vit.

— Oh, oh! La princesse des glaces!

Etait-ce un compliment ou une moquerie? Sûrement elle aurait dû garder sa robe bleu marine et coiffer ses cheveux en chignon.

— Vous êtes superbe, dit-elle, à mi-voix.

Son compliment, à elle, était sincère. Elle, au moins, se montrait polie, si lui ne l'était pas!

— Merci, répondit-il sans la quitter des yeux. Il doit y avoir un mot pour définir ce à quoi vous ressemblez ce soir mais je ne le trouve pas. Tous me semblent plats.

— « Princesse des glaces », disiez-vous.

— Euh... ce n'est pas tout à fait exact. En surface seulement. Il y a comme un feu dormant sous cette apparence, un brasier qui vibre sous cette froideur et qui menace d'exploser un jour!

— Partons, Tom, avant que vous ne me tourniez la tête!

— Si j'ai une chance d'y parvenir, croyez que je ne la laisserai pas passer.

Judith éclata de rire. En l'accompagnant jusqu'à la voiture, elle lui demanda:

— Pourquoi ai-je toujours l'impression que vous n'êtes pas sincère quand vous me faites des compliments?

— Je n'en sais rien. En tout cas, j'en suis navré. Vous a-t-on jamais reproché votre susceptibilité?

Ils étaient arrivés près de la Porsche d'Olivier, sur laquelle Judith ne fit aucun commentaire. Sans doute comptait-il l'impressionner par ce luxe. Erreur. Ses goûts personnels la poussaient vers les vieilles voitures plutôt que vers ces engins massifs, coûteux et tape-à-l'œil.

— Euh... Tom?

— Oui?

— Pensez-vous que nous allons être assiégés ce soir?

33

— Assiégés ? Que voulez-vous dire ?

— Par vos admirateurs.

— Ah ! En général, mes admirateurs ne fréquentent pas les endroits tels que celui où je vous emmène. De plus, j'ai retenu une table dans un coin tranquille. Ajoutez à cela que les gens ne sont pas habitués à me voir en smoking et je crois que vous vous sentirez rassurée.

— Parfait.

En réalité, même si on ne le reconnaissait pas, Tom Olivier était un homme qui ne passait pas inaperçu. Quand ils entrèrent au restaurant, toutes les têtes se tournèrent vers eux. Evidemment, ils formaient un couple remarquable, ce dont ils étaient parfaitement conscients tous les deux.

Tom se révéla un charmant compagnon, spirituel, affable et intelligent. La conversation porta sur les affaires, le spectacle et mille choses diverses. Les malentendus entre eux s'effaçaient. L'orchestre jouait doucement et, de temps à autre, Olivier faisait un commentaire tout professionnel. A son grand soulagement, il ne l'invita pas à danser mais elle se demanda si c'était parce qu'il n'en avait pas envie ou parce qu'il ne voulait pas attirer l'attention sur sa personne.

Pendant la soirée entière, il demeura très réservé, extrêmement poli et elle se surprit à le regarder non comme un client mais comme un homme... ce qui lui parut dangereux.

Il la raccompagna chez elle et, lorsqu'il lui ouvrit la portière et l'aida à descendre, elle se trouva soudain tout près de lui, trop près... Elle aurait souhaité l'éviter du regard mais ses yeux ne le quittaient pas.

— Je... j'aimerais vous inviter à prendre un dernier verre, mais...

— Alors, pourquoi ne le faites-vous pas ? demanda-t-il avec désinvolture.

— C'est que... il est tard... et demain, je dois être

au bureau de bonne heure... Et puis, je ne crois pas avoir de liqueur chez moi.

— Et alors ? J'ai bu assez d'alcool ce soir. Une tasse de thé ou un verre de lait feront très bien l'affaire.

Elle ne pouvait refuser sans paraître grossière. Il s'était bien conduit jusqu'à présent, il n'y avait pas de raison qu'il change.

— Eh bien, montez un moment.

Quand elle eut éclairé l'appartement, elle remarqua que le regard d'Olivier se dirigeait immédiatement vers le piano.

— C'est un instrument superbe ! s'écria-t-il. Je suppose qu'il serait stupide de vous demander si vous en jouez, sinon pourquoi serait-il ici ? Vous m'interprétez quelque chose ?

Elle secoua énergiquement la tête, prétextant qu'elle ne connaissait aucun morceau susceptible de lui plaire.

— Je n'étudie que la musique classique, et d'ailleurs, je ne suis pas bonne pianiste.

— Si vous avez étudié, comme vous dites, vous ne devez pas être si mauvaise !

— Je n'ai pourtant rien eu de plus pénible à faire dans ma vie que d'admettre cette évidence. Mais c'est un sujet dont je n'aime pas parler.

— Vous avez de la chance de n'avoir jamais eu de vérité plus douloureuse à affronter !

— C'est bien possible. Je vais préparer le thé. En attendant, jouez si cela vous fait plaisir.

Pendant qu'elle mettait l'eau à chauffer et disposait des gâteaux secs sur une assiette, elle entendit Olivier plaquer quelques accords. Sans doute annonçaient-ils une de ses diableries préférées ! Il fallait prendre son mal en patience, pensa Judith. Quelle ne fut pas sa surprise quand elle reconnut qu'il s'agissait en fait d'un impromptu de Schumann qu'elle avait souvent joué elle-même. Il avait dû en trouver la partition sur le piano.

— Ah ! Voilà le thé ! fit-il lorsqu'elle entra dans la pièce avec son plateau.

— Oui, mais je suis désolée de vous interrompre.

— Malheureusement je ne peux boire et jouer en même temps, en effet.

— Quel dommage ! répondit-elle, remarquant qu'aucune brochure n'était ouverte sur le piano.

Il avait donc interprété le morceau de mémoire.

— On a passé une agréable soirée, n'est-ce pas ? demanda-t-il.

— Oui, très.

— C'est de bon augure pour nos futures relations professionnelles et personnelles, je crois.

— Buvons à cet espoir, dit-elle en levant sa tasse.

Quelques minutes plus tard, Tom posait la sienne, regardait sa montre et déclarait poliment :

— Il faut que je m'en aille maintenant pour vous permettre de vous reposer.

— Si ce n'est pas abuser de votre gentillesse, voudriez-vous me rejouer le Schumann avant de partir ? J'étais à la cuisine, j'ai mal entendu.

— Avec plaisir ! C'est un compliment que j'apprécie.

De nouveau la musique romantique envahit la pièce. Comme un papillon attiré par la flamme, Judith s'approcha du piano, fascinée par la puissance et l'agilité des mains de Tom sur le clavier. Emue, elle s'abandonna à cette musique qui la touchait au plus profond de son âme.

Lorsqu'il eut terminé, elle sut clairement ce qui allait arriver car, subjuguée par la beauté et le charme de ce qu'elle venait d'entendre, elle était comme envoûtée et enflammée d'un désir fou. Tom ouvrit les bras, elle s'y blottit sans réfléchir, sans protester, et leva le visage vers lui. Ils s'embrassèrent comme s'ils l'avaient déjà fait cent fois, comme s'ils s'appartenaient depuis toujours, sans maladresse ni gêne. Elle glissa une main dans ses cheveux et il la serra contre lui tandis que, pour la deuxième fois, leurs lèvres se joignaient, tendres, exigeantes. Elle n'avait pas l'impression de céder à une force plus puissante que sa volonté mais de réagir avec ferveur à son appel. Pressés l'un contre l'autre, leurs corps ne pouvaient rien ignorer de leur désir mutuel. Jamais Judith n'avait ressenti un tel besoin de se donner à un homme. Elle était incapable de raisonner.

— Judith! murmura-t-il d'une voix sourde.

Dans un effort de volonté, elle s'arracha à lui, titubant légèrement.

— Il ne faut pas! articula-t-elle.

— Il me semble au contraire que nous venons de nous prouver que c'était nécessaire... et bon!

— Je veux dire... c'est fou... c'est complètement fou!

— Et alors?

— Vous savez très bien que tout nous sépare.

— Le désir réduit beaucoup de choses au plus petit dénominateur commun!

— Le plus petit, en effet, dit-elle avec amertume. C'est exactement ce que je ressens. Il faut oublier ce qui vient de se passer... si on le peut...

— On ne le peut pas, justement. Nous sommes attirés l'un par l'autre, je le sais depuis notre première rencontre. Qu'y a-t-il de si terrible? Nous sommes adultes, responsables, célibataires... et consentants. Où est le mal?

— Mais nous ne savons même pas si nous nous aimons! Sur quelles bases fonder nos relations?

— Nous n'avons pas été heureux ensemble ce soir?

— Une soirée! Cela vous suffit, à vous? Contrairement à ce que vous semblez croire, je ne suis pas du genre à me laisser aller à des toquades.

— Judith Vanover, vous êtes une femme exaspérante. Il ne s'agit ni de toquade, ni de foucade, ni de passade. Jusqu'à présent nous n'avons fait que nous embrasser. Si vous voulez bien rafraîchir vos souvenirs, vous vous rappellerez que notre élan a été mutuel. Je ne vous ai pas forcée !

Judith avala sa salive avec difficulté. Elle ne pouvait le contredire, il avait parfaitement raison et elle en était presque douloureusement consciente. C'était elle qui, surprise par la force de son désir, avait réagi de façon stupide et exagérée.

— Tom... je voudrais... euh... je ne sais pas...

— Voilà une déclaration précise !

— Est-il possible d'oublier cet incident et de repartir à zéro ?

— Je n'en sais rien. Le croyez-vous ?

Il la jaugeait d'un regard sans indulgence.

— Il le faut, pour des raisons professionnelles. Nous ne pouvons avoir des relations personnelles avec nos clients. Cela fausse le jugement.

— Bon. Alors oublions ! Si vous êtes capable de le faire aussi facilement, pourquoi pas moi ! Dormez bien dans votre grand lit vide et chaste, princesse des glaces !

Il sortit aussi prestement qu'un chat. La colère et la frustration laissèrent Judith sans voix. La dernière phrase de Tom lui avait fait l'effet d'un coup d'épée. Elle s'en voulait de son attitude timorée. Son honnêteté l'obligeait à reconnaître que les commentaires cruels dont il l'avait gratifiée étaient justifiés.

Elle se coucha mais ne trouva pas le sommeil. Dans son grand lit où, comme l'avait dit Tom, elle se trouvait terriblement solitaire tout à coup, elle se tourna et se retourna, se demandant comment elle pouvait éprouver des sentiments aussi soudains et violents pour un homme qu'elle connaissait à peine. Vraiment, la vie était trop injuste. Tout eût été si simple si elle avait été attirée par quelqu'un comme Drew. Il lui convenait tellement mieux !

Un sanglot la secoua. Elle pensait à l'émoi qu'elle avait ressenti, blottie dans les bras de Tom. Elle le voulait près d'elle, si terriblement qu'elle regrettait le moment de bon sens qui l'avait poussée à le rejeter.

Les tendres sonorités de Schumann, le parfum léger du thé mêlé au souffle de Tom et les battements rythmés de son cœur contre sa poitrine, tout lui revenait en mémoire. C'était un trésor qu'elle garderait en elle sans espoir de le voir jamais revenir.

Le lendemain elle n'eut guère le temps de penser à lui tant elle fut surchargée de travail. Mais, lorsqu'elle rentra chez elle avec la seule perspective de se préparer à dîner et de se coucher, ses pensées volèrent à nouveau vers cet homme qui l'obsédait. Puisqu'elle n'arrivait pas à le chasser de son esprit, il fallait au moins qu'elle canalise ses rêveries et en tire quelque chose de constructif sur le plan professionnel.

Elle alla prendre le dossier que lui avait confié Kurt et qu'elle avait à peine eu le temps de regarder. C'était le moment de l'étudier à fond. Les premières pages donnaient la nomenclature systématique de ses albums de disques et ses relevés de comptes. Sa réussite avait été assez exceptionnelle puisqu'il n'y avait que quatre ans qu'il chantait. Elle apprit aussi qu'il avait un peu plus de trente ans. Qu'avait-il fait de sa vie avant de se lancer dans la musique rock ? Elle parcourut les feuillets et soudain demeura bouche bée : il lui fallut relire plusieurs fois l'information qu'elle avait sous les yeux avant d'y croire. Ce rocker était... diplômé du conservatoire Juilliard, l'école de musique la plus renommée du pays, et il avait commencé sa carrière comme pianiste classique avec les orchestres symphoniques les plus prestigieux. Quoi d'étonnant à ce qu'il se soit permis de s'adresser à l'agence Lauden pour le seconder dans sa vie professionnelle ! Il connaissait bien son monde !

Une colère froide saisit Judith. Elle avait autrefois

souhaité de toute son âme être admise à la Juilliard. Son échec à l'examen d'entrée l'avait obligée, à son grand regret, à se contenter d'un conservatoire moins célèbre. Que la vie était étrange et injuste ! La Juilliard l'avait refusée, elle, mais avait accepté Olivier... qui maintenant trahissait la musique classique. Que faisait-il en effet de son diplôme ? Il le galvaudait, et son talent aussi. Car il en avait, et tellement plus qu'elle !

D'un geste rageur elle ferma le dossier dont la lecture remettait en cause son attitude vis-à-vis de Tom. L'idée qu'il avait eu la chance de pouvoir devenir ce qu'elle avait rêvé d'être, un pianiste classique, et qu'il avait préféré jeter cette carrière aux orties pour s'adonner à un genre musical qu'elle considérait comme mineur la consternait. Il gaspillait impudemment ses dons et son incroyable charme dont elle était tombée victime !

Pour se calmer, elle s'installa au piano avec une partition de Debussy : *Rêverie*. La beauté de ce morceau l'apaiserait et chasserait pour un temps l'image obsédante de Tom. Dès les premières notes, elle se sentit soulagée. Parvenue à la fin de la partition, elle la reprit entièrement.

La sonnette de la porte d'entrée tinta. Un démarcheur, sans doute, pensa-t-elle. Inutile de se déranger. Mais le timbre résonna une deuxième fois, puis une troisième, avec insistance. Agacée, elle alla ouvrir et se trouva nez à nez avec Tom Olivier, la dernière personne qu'elle s'attendait à trouver là ou qu'elle désirait voir.

— Qu'est-ce qu'il y a ? demanda-t-elle avec impatience.

Une pointe de curiosité la poussait à vouloir connaître les raisons qui l'amenaient à cette heure. De toute façon, elle ne pouvait se permettre de le renvoyer sans l'entendre — par simple politesse.

Avant de lui répondre, il la regarda longuement, appréciant en connaisseur sa silhouette moulée dans un jean collant et un corsage léger qui mettait en valeur le galbe de sa poitrine. Il nota également la rougeur qui avait envahi ses joues, ce dont elle avait pleinement conscience d'ailleurs mais qu'elle s'obstinait à attribuer à l'émoi causé par la divine musique de Debussy.

— Voilà une nouvelle tenue qui me plaît bien. Je connais celle de la femme d'affaires bon chic bon genre, celle de la mondaine élégante. Mais celle-ci est ma préférée : elle est très féminine et vous va à ravir.

— Cette fois, je suppose que c'est un compliment sans restrictions ! Mais vous n'êtes pas venu jusqu'ici pour me voir en jean, n'est-ce pas ?

— Non, en effet, bien que le spectacle en vaille la peine.

— Bravo ! Vous parlez bien. Allez, soyons sérieux. Qu'est-ce qui vous amène, Tom ?

— Me permettriez-vous d'entrer ? Il y a beaucoup de courants d'air sur ce palier. C'est mauvais pour ma voix.

— Excusez-moi, fit-elle sèchement. Entrez donc.

Une fois à l'intérieur, il examina l'appartement comme s'il le voyait pour la première fois et ne donna aucune explication sur sa présence. Judith le regardait avec une irritation grandissante.

Comme s'il devinait son impatience, il lui sourit malicieusement et lui tendit une grande enveloppe.

— Voilà la liste que je devais vous remettre hier. Nous l'avons oubliée tous les deux.

— Il ne fallait pas vous déplacer pour cela ! Merci.

— Vous n'auriez pas dû arrêter la stéréo à cause de moi. C'était de la belle musique que vous écoutiez !

— Ce n'était pas la stéréo, répondit-elle aussi laconiquement que possible.

— Ah... je vois.

Il traversa la pièce de son pas souple, remplissant

l'espace de sa présence. Son magnétisme et sa sensualité naturels s'imposaient avec une force qui troublait profondément Judith.

— Faites-moi plaisir, renoncez à votre timidité et jouez-moi quelque chose.

— Certainement pas, répondit-elle avec énergie. Je vous ai déjà dit que je n'avais pas de talent. Ce serait cruel de me forcer à vous le démontrer. A propos, je viens d'apprendre que vous aviez étudié à la Juilliard et que vous aviez débuté comme pianiste classique. Pourquoi ne me l'aviez-vous pas dit ?

— Je pensais que vous le saviez. C'est écrit en toutes lettres dans le curriculum vitae que j'ai donné à la Lauden et que vous êtes censée avoir lu puisque vous êtes mon agent !

— C'est exact, seulement c'est mon directeur qui vous a accepté comme client et qui m'a ensuite désignée comme votre agent. Je n'ai pu étudier votre dossier qu'aujourd'hui.

Il haussa les épaules.

— Quelle importance ?

— Aucune, apparemment.

— Quelque chose me dit pourtant qu'une corde sensible est en train de vibrer en vous. De quoi s'agit-il ?

Il plongea son regard dans le sien mais elle détourna rapidement les yeux.

— Puisque nous parlons de votre talent de pianiste classique, dit-elle d'une voix qu'elle espérait aussi indifférente que possible, pourquoi ne pas me rejouer quelque chose ?

Il lui paraissait soudain important de vérifier si le curriculum vitae avait dit vrai et si sa première impression en l'écoutant la veille au soir était fondée.

— Si cela peut vous faire plaisir. Vous voyez, je ne partage pas votre timidité.

— Je l'ai noté.

Il rit, d'un rire doux de gorge que Judith trouva terriblement émouvant.

— Je me rends d'autant plus volontiers à vos désirs que votre piano est une merveille. Je l'ai constaté hier.

Il se glissa sur le tabouret, étudia quelques instants la partition que Judith avait laissée ouverte, posa les mains sur le clavier et la pièce s'emplit des sonorités élégantes de Debussy. Il jouait à la perfection, distillant chaque note avec un doigté d'une délicatesse extrême. Ce talent, il ne l'avait certes pas acquis à la Juilliard. C'était un don, Judith s'en rendit compte dès les premières mesures. Il ne se contentait pas de jouer les notes, il en sentait toute la poésie et en transmettait l'émotion... ce qui avait toujours manqué à Judith pour réussir.

Quand il plaqua le dernier accord, elle avait les yeux pleins de larmes et s'était éloignée pour qu'il ne s'en aperçoive pas. Un lourd silence plana entre eux.

— Judith ?

— Vous êtes sublime, réussit-elle à articuler.

— Merci.

— Jouez-moi quelque chose de Rachmaninov.

— Non, c'est à votre tour maintenant.

— Oh ! Tom, je vous en prie. J'ai envie de vous entendre interpréter ce compositeur russe. Il y a quelques-unes de ses œuvres dans la pile sur le piano.

— En effet, dit-il.

Judith alla s'asseoir sur le sofa et l'écouta religieusement. Avant qu'il n'ait terminé, elle se rapprocha du piano et se tint immobile près de lui. Absorbé par la musique, il fut surpris, en levant la tête, de la voir à ses côtés.

— Mon Dieu, Tom !

Tout ce que contenaient ces trois mots n'échappa pas au musicien mais il ne dit rien.

— Vous ne voulez toujours pas me jouer quelque chose ?

— Vous êtes têtu comme une mule !

— C'est un de mes traits de caractère... parmi d'autres !

— Inutile d'insister. Je suis à cent coudées au-dessous de vous. J'aurais trop honte. Vous, vous êtes inspiré.

— Peut-être vous jugez-vous trop sévèrement. Laissez-moi vous écouter et je vous dirai ce que j'en pense.

— Non, vraiment, Tom. Je suis sûre que je jouerais encore plus mal que d'habitude. Mais je ne comprends pas pourquoi vous avez abandonné tout cela pour...

Elle s'interrompit et rougit violemment.

— Pour le rock ? C'est cela que vous voulez dire ?

Elle hocha la tête, comme prise en faute.

— Peut-être est-il inutile de m'expliquer vos raisons, pardonnez-moi. Merci d'avoir interprété cette musique que j'adore. Voulez-vous boire quelque chose ?

— Du thé à la menthe, comme hier ? demanda-t-il en la regardant gravement.

Elle ne put s'empêcher d'évoquer le goût qu'avaient eu ses lèvres sur les siennes, la veille. La gorge nouée elle répondit :

— Si vous voulez. Mais j'en ai au citron ou à l'orange.

— Merci, Judith. Une autre fois, avec plaisir. Je suis déjà resté plus longtemps que prévu. On m'attend.

— Alors... merci encore.

— A bientôt.

La porte se referma sur lui. Elle s'y adossa et ferma les yeux. Elle se sentait épuisée. Malgré sa volonté, elle ne pouvait nier le désir qu'elle ressentait pour Olivier et qui l'emplissait d'une rage impuissante. Elle allait demander à Kurt de confier ce client à quelqu'un d'autre car elle ne se sentait pas capable de faire front. Pourtant, au fond d'elle-même, elle savait que sa fierté et sa conscience professionnelle ne lui permettraient jamais d'admettre pareille défaite. Elle avait gagné la confiance de son directeur en se montrant toujours à la hauteur des missions qu'il lui avait confiées. Ce n'était pas maintenant qu'elle allait le décevoir. Elle assumerait donc sa tâche. Judith Vanover serait l'agent de Tom Olivier !

Chapitre 3

JUDITH S'ACCOUDA À LA TABLE, ESSAYANT DE DIGÉRER LA nouvelle. Elle jeta à Kurt un regard suppliant.

— Kurt ! Vous ne parlez pas sérieusement ! Ce n'est pas possible !

— Mais si, ma chère, et je vous garantis que je n'ai pas pris cette décision à la légère.

— Kurt ! Je ne peux pas ! dit-elle en contrôlant de son mieux sa voix tremblante.

— Pourquoi ? Il vous est déjà arrivé d'avoir à accompagner des clients en tournée, surtout en début de contrat !

— Mais... c'était différent !

— Pas du tout, répondit Kurt avec un calme olympien. La seule différence qui existe dans votre esprit se résume à peu de chose : Olivier et son groupe sont des rockers.

— Peut-être, mais ceux avec lesquels j'ai voyagé jusqu'à présent n'étaient pas poursuivis par des fanatiques enragés. Vous n'imaginez pas ce que c'était, l'autre soir dans les couloirs du club Anthony ! Horrible ! J'ai eu de la chance d'en sortir vivante !

Kurt leva les sourcils.

— J'espère que vous ne vous permettez pas de laisser voir votre mépris quand vous êtes avec notre client, Judith !

— Oh non ! Bien sûr. Nous avons d'excellentes relations professionnelles.

— Alors, excusez-moi de vous avoir posé la question. J'aurais dû savoir que vous vous conduisez toujours convenablement. Pour répondre à vos inquiétudes, je vous dirai que j'ai fait renforcer le système de surveillance autour d'Olivier, car c'est lui que poursuivent les admirateurs, pas vous ! Ne l'oubliez pas. Vous lui avez préparé un excellent itinéraire, d'ailleurs, et je vous en félicite. La plupart des théâtres avec lesquels vous avez signé n'avaient pas très bien accueilli la musique rock jusqu'à présent.

— Ce n'est pas moi qu'il faut remercier, Kurt. Presque tous les directeurs de théâtre se trouvent dans la même situation que nous : il leur faut soit diversifier leurs programmes, soit fermer boutique. Bien entendu, la réputation de la Lauden n'est pas étrangère à ce succès et tous attendent beaucoup d'Olivier. J'ai demandé que les foules soient scrupuleusement contrôlées dans chaque salle où il se produira et que toute personne douteuse soit refoulée.

— Alors, de quoi vous plaignez-vous ?

— J'espère que ces précautions suffiront. Et qui s'occupera de mes autres clients en mon absence ?

— On en prendra soin exactement comme lors de vos précédents déplacements, vous le savez parfaitement, Judith. Qu'est-ce que c'est que ce caprice ? Nous jouons une partie importante : c'est notre première tournée de musique rock et je veux que vous soyez présente pour mettre de l'huile dans les rouages. D'autres agents vont entreprendre ce même genre d'activité. Notre collègue, Diane Canaday, a déjà commencé : elle revient d'une tournée de six semaines sur la côte Ouest avec une formation de jazz.

— Je sais, mais...

— Judith, y a-t-il une autre raison qui vous pousse à refuser cette mission ? Est-ce que par hasard Olivier vous aurait... enfin... manqué de respect ?

— Oh non ! Pas du tout ! Je suppose que... Excusez-moi, je me conduis comme une sotte.

— Evidemment, tout cela est très nouveau et nous oblige à faire des ajustements difficiles.

Quand il eut quitté son bureau, Judith regarda la feuille de route posée devant elle. C'était elle qui en avait fixé les différentes étapes sans se douter une seconde qu'elle ferait partie de ce voyage qui la mènerait dans toutes les plus grandes villes d'Europe pendant le mois de septembre. Combien de personnes auraient souhaité être à sa place ? Bien sûr, ce serait fatigant et elle aurait peu de temps à consacrer aux visites touristiques. Malgré cela, elle savait qu'elle aurait sauté sur l'occasion si les circonstances avaient été différentes. Mais vivre un mois près d'Olivier...

Pendant qu'elle remuait ces pensées, Kurt passa la tête par la porte de son bureau et lui lança un rapport financier.

— J'espère que ce document vous remontera le moral, dit-il. En tout cas, il vous montrera la nécessité de soigner Olivier. Tenez-le bien au chaud et rendez-le heureux, c'est tout ce que je vous demande. Vous aurez une jolie commission sur cette affaire.

Judith parcourut rapidement les feuillets couverts de chiffres. En trois mois, Olivier avait fait gagner à l'agence autant d'argent que leurs trois plus importants clients.

Rendez-le heureux ! Pourquoi Kurt lui avait-il dit

cela ? Un soupçon lui vint tout à coup à l'esprit : ne serait-ce pas Tom qui aurait demandé qu'elle accompagne la tournée ? Pour l'humilier et se venger de la façon dont elle les avait méprisés, lui et sa musique ? Eh bien, qu'il se délecte de sa vengeance. Elle se préparait à détester chaque minute de ce maudit voyage.

— Hé, Judith ! Attendez un instant !

Elle était en train d'ouvrir la portière de sa voiture et se figea en s'entendant appeler par son nom. Inutile de se retourner pour voir qui était là. Cette voix, elle l'aurait reconnue parmi des milliers !

— Que faites-vous dans ce parking ? demanda-t-elle en s'efforçant de paraître indifférente.

— Je vous cherchais, ma chère. Je suis monté quatre à quatre jusqu'à votre bureau où l'on m'a dit que vous veniez de partir. Alors j'ai couru jusqu'ici.

— Il y a des ascenseurs ! fit-elle, riant malgré elle.

— Pas assez rapides !

— Vous auriez pu me téléphoner. Je vous aurais attendu.

— Vraiment ? Laissez-moi rire ! Ces derniers trois mois, vous ne m'avez guère accordé de temps, à part quelques coups de téléphone !

— C'était plus commode pour tous les deux, non ?

Elle eut la désagréable impression qu'il savait parfaitement qu'elle mentait. La vérité était qu'elle avait fait son possible pour éviter de le voir.

Il prit une profonde inspiration.

— Je viens d'apprendre que vous veniez en Europe avec nous. Etant donné que nous sommes très près de la date du départ, je souhaitais discuter avec vous certains détails. Nous pourrions peut-être dîner ensemble ce soir ?

— Ce n'est pas nécessaire, protesta-t-elle. Venez donc au bureau quand vous voudrez. Inutile de sacrifier vos trop rares moments de loisir. Je sais combien vous êtes occupé.

— C'est moi qui vous demande de me consacrer une heure ou deux. J'ai des idées à vous soumettre pour cette tournée. De plus, j'aimerais vous remercier d'avoir si merveilleusement tout organisé pour moi.

— Je vous en suis très reconnaissante mais j'ai beaucoup à faire ce soir.

— Ah bon ? Vous avez laissé votre lessive en plan et avez six paires de bas à raccommoder ?

Quelle insolence, songea Judith. Pourtant, elle se sentait gagnée par l'hilarité. Il avait du toupet mais il était observateur. Le peu de temps qu'il était resté chez elle lui avait permis de tirer des conclusions sur sa façon de vivre. Elle laissa échapper un petit rire et vit les yeux de Tom pétiller de malice.

— Bien, bien, Tom, vous avez gagné. Je dînerai avec vous. Pour une fois, la lessive attendra.

— Formidable. Je passerai vous prendre à sept heures et demie.

Quand la sonnette de la porte d'entrée retentit, Judith jeta un regard à la pendule : il était sept heures et quart. Agacée par cette visite imprévue au moment où elle n'avait pas encore décidé ce qu'elle allait porter pour la soirée, elle eut un mouvement de recul lorsque, ayant ouvert la porte, elle se trouva en face d'Olivier. Il portait un pantalon bleu ciel et un polo blanc qui mettait en valeur sa peau bronzée. Sans un mot, elle le regarda puis consulta ostensiblement sa montre.

— Oui, je sais, je suis en avance.

— Peu importe. Entrez. Je me demandais seulement si toutes mes pendules s'étaient arrêtées ou retardaient.

— Non. Je suis venu vous prévenir que j'avais annulé notre réservation au restaurant.

Fut-elle soulagée ou déçue à l'idée de ne pas

passer la soirée avec lui ? En tout cas, elle répondit d'une voix ferme :

— Il ne fallait pas vous déranger ! Vous pouviez me prévenir par téléphone. Je sais ce que c'est ! Les empêchements de dernière minute sont chose courante dans nos métiers. Je ne m'en offusque pas !

— Vous offusquer ! Dieu m'en garde ! J'ai annulé la réservation mais pas l'invitation à dîner.

— Auriez-vous l'extrême amabilité de vous expliquer clairement ? Je ne comprends rien à ce que vous me racontez.

Elle trouvait sa façon d'agir franchement cavalière.

— Figurez-vous que tout à coup je n'ai plus eu envie de me retrouver dans un restaurant élégant, entouré de serveurs affairés. Impossible de bavarder tranquillement dans ces conditions. D'ailleurs, je prends beaucoup plus de plaisir à un bon repas quand je ne suis pas obligé de porter un col et une cravate ! Cela vous contrarie ?

— Pas le moins du monde. Dites-moi seulement où nous allons afin que je sache comment m'habiller. Comme vous le voyez, je n'ai pas encore eu le temps de me changer.

— Vos tenues de bureau me fascinent ! Quand on pense à toutes les jolies choses qu'on voit dans les magasins, on se demande vraiment comment vous faites pour dénicher des trucs aussi ternes. Ce doit être dur, non ?

— Très !

— Alors, pourquoi vous donner ce mal ?

— Ecoutez, Tom, j'ai vingt-cinq ans mais on m'en donne souvent beaucoup moins... en dehors du bureau, s'entend. C'est étonnant de voir le nombre de gens qui refusent de prendre au sérieux une femme d'apparence jeune, donc vulnérable.

— Peut-être. Ma décision de ce soir ne me crée qu'un seul regret : celui de ne pas voir ce que vous pensiez mettre pour surclasser la robe blanche de l'autre soir.

— Je n'ai rien de mieux. C'est ma seule robe haute couture. Me direz-vous enfin où nous allons ?

— De préférence dans un endroit où vous pourrez rester en pantalon noir ajusté...

— C'est impossible ailleurs que chez vous ou chez moi.

— Evidemment.

— Soyez sérieux, Tom.

Il prit un air innocent.

— Mais je le suis ! On ne saurait l'être davantage. Cependant, si vous ne voulez pas de cette solution, allons dans un restaurant simple, une pizzeria, par exemple.

— Parfait. Attendez-moi deux minutes et faites comme chez vous : il y a des rafraîchissements dans le réfrigérateur, des revues et des cassettes dans le living. Le piano est à votre disposition.

Elle gagna sa chambre, un peu inquiète de la suite des événements. Quelque chose lui disait qu'elle aurait plus facilement tenu Olivier à distance dans un établissement élégant avec de la bonne cuisine française et de bons vins qu'avec une pizza et de la bière.

Elle enfila un pantalon de coton blanc et un corsage rose, chaussa de confortables sandales et décida de laisser ses cheveux flotter librement sur ses épaules, comme une auréole d'or.

Tom lui sourit presque affectueusement en la voyant revenir.

— Vous avez sans doute raison, murmura-t-il, pour ce qui concerne la coiffure sévère et les tenues rigoureuses. En ce moment, vous n'avez absolument pas l'air d'être un agent de la respectable firme Lauden, mais plutôt d'une adolescente au soir de son premier rendez-vous.

Et je me sens presque aussi nerveuse, songea Judith à part soi.

Ce qu'ils firent cette nuit-là, Judith ne l'aurait jamais cru possible tant c'était en dehors de ses habitudes. Au lieu du dîner d'affaires prévu, ils se retrouvèrent sur le ferry-boat après avoir dégusté des hot-dogs dans un passage plein de machines à sous.

— L'ennui, se plaignit-elle en manipulant les jeux électroniques, c'est que ces sales machines n'acceptent que la petite monnaie. Il en faut beaucoup !

— Et nous sommes de pauvres malheureux qui n'en possédons que très peu ! ajouta-t-il en riant.

— Allez-vous m'acheter de la barbe à papa, oui ou non ?

— Je ne savais pas que vous en vouliez !

— J'adore ! N'essayez pas de vous en tirer à l'économie. Un dîner de luxe comme celui-ci, ça se paye !

— Vous m'en voulez d'avoir décommandé le restaurant ?

Judith contempla tous les néons qui clignotaient joyeusement, écouta les rires qui fusaient autour des machines à sous et se tourna vers l'homme aux yeux bleus qui la fixait avec gaieté.

— Oh non ! Je m'amuse comme une folle. Je n'avais jamais été dans un endroit comme celui-ci.

— Moi non plus. C'est sans doute pourquoi nous n'avons pas eu de chance aux jeux. Prête à reprendre le ferry en sens inverse ?

— Oui.

Ce soir-là, Tom ne fit aucune tentative de séduction. Il se conduisit en camarade. Mais depuis qu'elle s'était blottie dans ses bras une fois, Judith ne parvenait pas à oublier la saveur de ses lèvres.

Le reflet de la lune dansait sur l'eau et le ciel était constellé d'étoiles, l'air encore tiède malgré l'heure tardive. Un calme étrange s'était établi après le coucher du soleil. Tom tendit les billets au contrôleur en montant sur le bateau et aida Judith à gagner sa place. Il posa la main sur son bras. Elle frissonna.

— Froid ? demanda-t-il.

— Non, non... Mais tout est si beau ici ce soir...

C'est cela, pensa-t-elle, sois lâche, n'avoue pas les causes de ta nervosité et ton émoi. Tu sais très bien pourquoi tu trembles : tu meurs d'envie qu'il t'embrasse à nouveau.

Ils s'assirent dans un coin tranquille.

— Je meurs de faim, dit Tom. J'espère qu'en arrivant, on trouvera encore une pizzeria ouverte.

— Il est tard !

— Personnellement, cela ne me gêne pas. Je n'ai aucune obligation. Et vous ?

— Aucune. Si vous avez envie d'une pizza, on en mangera une.

— C'est gentil.

Les vaguelettes clapotaient contre la coque du bateau avec un bruit léger qui ravissait Judith. Ses paupières s'alourdissaient. Elle fit un effort pour garder les yeux ouverts jusqu'au moment où elle abandonna la lutte et s'endormit, la tête sur l'épaule de Tom.

— Cendrillon ! Nous arrivons. Réveillez-vous !

Elle reprit brusquement conscience. Tom était proche, très proche d'elle. S'il l'avait embrassée en cet instant, elle n'aurait pas résisté. Mais les employés du ferry hâtaient la sortie des voyageurs. Elle se sentit très sotte de s'être laissé aller à dormir ainsi, sourit à Tom et s'écarta.

— L'eau... le ciel... tout cela était magique, murmura-t-elle tandis qu'ils rejoignaient la voiture garée non loin du débarcadère.

— Tout à fait envoûtant ! Je dois reconnaître que vous ne me flattez pas : vous vous amusiez tellement avec moi que vous n'avez pas résisté au sommeil !

— Oh ! Tom, protesta-t-elle, ne le prenez pas mal.

Dites-vous au contraire que je me sentais tellement protégée que j'ai pu me laisser aller à somnoler en toute tranquillité.

— Je sais, Judith. Je vous taquinais. N'oubliez pas que mon épaule sera toujours prête à vous accueillir chaque fois que vous aurez besoin d'un moment de paix.

— Merci, Tom. Je m'en souviendrai. Allons maintenant manger une pizza.

Il fallait redevenir raisonnable, se dit-elle, sinon comment réussirait-elle à se contrôler pendant le mois de tournée en Europe ?

Mais il ne lui laissa pas le temps de se ressaisir. En s'installant à côté d'elle dans la Porsche, il murmura :

— Pour une fois, je hais cette voiture. Avec les ceintures de sécurité, je n'ai aucune chance que vous posiez à nouveau la tête sur mon épaule pendant que je vous ramène chez vous.

— Un somme suffit pour ce soir, vous ne croyez pas ?

Il avait la main sur la clé de contact, immobile. Il la regardait droit dans les yeux. A la faible lueur des néons du parking, elle vit son regard plein de désir.

Qui fit le premier geste ? Toujours est-il qu'en une seconde, l'espace entre eux fut anéanti. Il emprisonna sa bouche dans ses lèvres, l'embrassa doucement, profondément. Elle posa les mains sur sa nuque et ressentit une joie intense lorsqu'il effleura doucement ses yeux, sa gorge, son cou. Elle aussi détesta l'exiguïté de la voiture !

— Rentrons vite, dit-elle d'une voix sourde.

— Vous ne me chasserez pas ?

Il avait glissé les mains sous son corsage et caressait sa peau tiède.

— Non... mais...

— Ah ! Toujours des mais ! Vous m'avez transformé en brasier ardent, j'ai dépassé les limites du

56

raisonnable et tout ce que vous trouvez à dire, c'est « non mais » ! Allons, rentrons.

Ils firent le trajet en silence mais, à chaque feu rouge, il se penchait vers elle et l'embrassait tendrement. Sa main posée sur le genou de la jeune femme la brûlait à travers le tissu. A chaque caresse, le sang refluait dans ses veines comme du feu. Elle en perdait la raison. Elle avait envie de lui... rien d'autre n'avait d'importance.

Tom gara la voiture, passa un bras autour de la taille de Judith qui eut l'impression que son cœur allait éclater dans sa poitrine. Elle vacilla légèrement. Arrivée devant sa porte, elle tenta vainement de mettre la clé dans la serrure. Ses doigts tremblaient tellement que Tom dut agir à sa place. Aussitôt le seuil franchi et la porte refermée derrière eux, elle se retrouva dans le nid de délices où elle avait rêvé d'être toute la soirée : blottie contre lui, parfaitement consciente de sa virilité. Ils s'embrassèrent comme des affamés.

— Oh! Mon amour, chuchota Tom, avez-vous une idée de la violence de mon désir ?

Pour toute réponse, elle se pressa encore davantage dans ses bras comme si elle voulait se fondre en lui.

Elle avait laissé une veilleuse dans sa chambre de sorte qu'il n'y faisait pas tout à fait sombre quand ils y pénétrèrent. Pendant un bref moment de timidité, Judith se demanda si elle allait simplement se déshabiller là, devant lui, ou aller dans la salle de bains enfiler une robe de chambre. Tom résolut le problème. D'un geste large il ôta le dessus-de-lit, lui prit la main et attira Judith près de lui.

— Eteignez la lumière, murmura-t-elle.

— Laissez. Je veux vous voir.

Pendant un long moment il ne fit que la tenir dans ses bras, l'embrasser et lui caresser les cheveux. Quand un petit gémissement lui échappa, il la déshabilla habilement et ses lèvres coururent sur son corps, légères et audacieuses. Il était très tendre, très attentionné. Lorsqu'il la sentit totalement abandonnée, il se dévêtit rapidement et l'étreignit avec une douceur extrême. Leur union fut un éblouissement, un voyage dans l'infini du plaisir.

Quand il la libéra, des larmes de bonheur inondaient ses yeux. Le visage enfoui dans le creux de son cou, elle le tenait enlacé. Il lui murmurait des mots d'amour qu'elle recevait comme un cadeau précieux.

Lentement elle s'assit sur le lit, le regarda. Une émotion proche de la peur la submergea. Elle tendit la main et laissa ses doigts courir sur son visage.

— A cause de votre merveilleuse tendresse, Tom, je penserai toujours à vous avec amour.

Il lui passa la main dans les cheveux et laissa les mèches soyeuses couler à travers ses doigts.

— Il y a en vous une innocence qui m'effraie parfois... une innocence si délicieuse...

— Oh ! Tom, je vous remercie d'avoir été si... si... enfin... d'avoir été... comme vous avez été avec moi pour cette première fois. Mais je suis une femme, pas une fleur fragile. Je ne suis pas cassable !

— Judith...

— Je vous en prie, aimez-moi à votre manière maintenant.

— Comment refuser ?

Elle se pencha pour l'embrasser et sa chevelure se déploya comme un rideau, les enfermant tous deux dans une chaude intimité. Quand il emprisonna ses lèvres avec une passion redoublée, elle rivalisa d'ardeur avec lui. A la pâle lueur de la veilleuse, elle lut la force de son désir dans son regard noyé. Ses mains la parcouraient toute, l'exploraient, la caressaient. Et elle le pressait de continuer, étonnée de ses propres réactions.

Elle glissa les mains sur sa poitrine puis sur ses épaules et son dos musclés, heureuse de le sentir vibrer sous ses doigts. Elle s'étendit de tout son long contre son corps, membres emmêlés, bouche contre bouche. Le feu la consumait, elle ne pouvait plus se contrôler, criait et gémissait sans honte ni retenue.

— Vous allez être à moi...

Impérieusement, il prit possession d'elle. Portée par son propre désir, elle vint à sa rencontre. Elle avait attendu si longtemps, fait tant d'efforts pour juguler en elle l'envie furieuse qu'elle ressentait d'appartenir à cet homme. Maintenant, elle voulait être assouvie. Ses gémissements renouvelés se mêlaient à ceux de Tom. Il l'emmena sur des sommets jamais atteints jusqu'à ce jour, où elle se sentit complètement désemparée, ne sachant plus s'il fallait le supplier d'arrêter ou le presser de continuer éternellement. Petit à petit, ses mouvements ralentirent pour reprendre plus intenses encore. Transportée par une joie jamais éprouvée, elle crut mourir de plaisir. Enfin, épuisés, ils s'abandonnèrent au repos, hors d'haleine. En sueur, tremblante, elle lui caressait amoureusement les cheveux en silence.

Longtemps ils restèrent ainsi, muets. Quand Tom fit mine de s'écarter, elle le retint.

— Non, non, restez...

Il rit doucement, glissa un bras sous sa tête et, de l'autre main, lui caressa la poitrine. De la langue, il goûtait le sel que les petites perles de transpiration avaient laissé sur sa peau. Elle le regarda, rêveuse, et murmura :

— Il n'y a pas de mots pour exprimer ce bonheur...

Tom secoua la tête et la fixa d'un regard qui la pénétra jusqu'à l'âme. Elle détourna les yeux. La douce souffrance de l'amour lui était presque insupportable. Etonné, il murmura :

— Les mots sont inutiles, ma chérie. Nous les avons tous dits. Mais je dois avouer...

Il s'interrompit au milieu de sa phrase et sourit.

— Avouer quoi ?

— Que je me demande où sont passés vos scrupules et vos airs de grande dame !

— Oh ! dit-elle en rougissant, je n'ai pas été trop timide pour vous plaire ?

— Je ne l'aurais pas permis.

— Vous pouvez rester encore un peu ? demanda-t-elle en hésitant.

— Oui. Je rentrerai tout à l'heure juste pour me changer. Reposez-vous. Je suis là, avec vous.

Ce fut lui qui s'endormit le premier, tandis qu'elle le contemplait avec émotion. Il avait l'air d'un petit garçon, couché en chien de fusil à ses côtés. Elle l'aimait et le voulait pour la vie. Une tristesse soudaine lui noua la gorge. Où s'était-elle laissé entraîner ? Elle ne regrettait rien... non... pas après l'extase qu'elle venait d'éprouver et les émotions puissantes, presque terrifiantes, qu'elle avait ressenties dans ses bras.

Il fallait faire le vide dans sa tête, ne pas penser à l'avenir, dormir près de lui en savourant la satisfaction d'être heureuse.

Le lendemain, elle vaqua à ses occupations habituelles mais son esprit était ailleurs. Quand, en fin de matinée, Suzanne la prévint qu'Olivier demandait à être reçu, elle ne fut pas surprise et répondit à sa secrétaire de le faire entrer. Elle se demandait si personne au bureau ne s'était aperçu du changement qui s'était opéré en elle depuis la veille. Elle se sentait pleine d'entrain, insouciante, incapable de croire que sa nuit d'amour n'avait pas laissé sur elle de traces visibles.

Elle s'avança rapidement vers Tom et l'embrassa chaleureusement.

— Je suis venu voir si vous êtes libre à déjeuner, dit-il en la regardant avec tendresse. Mais même si vous ne l'êtes pas, je ne me serai pas dérangé pour rien : je vous vois, je respire votre parfum... Mon Dieu, que c'est bon !

Un rire perlé sortit en cascade de la gorge de Judith tandis qu'il couvrait son visage de petits baisers fous.

— En voilà une tenue pour un agent et son client ! chuchota-t-elle. Est-ce convenable ?

— Absolument pas !

— Tant mieux. Pour ce qui est du déjeuner, je suis libre. Mais, si vous avez une minute, laissez-moi vous donner les dernières informations concernant la tournée. Tout s'annonce très bien.

Ils s'assirent l'un à côté de l'autre et parcoururent la liste des théâtres qui avaient acheté le concert.

— Je n'ai rencontré que très peu de refus, dit-elle avec une certaine satisfaction. Quelques directeurs n'acceptent pas encore l'idée d'accueillir des formations de rock, mais la plupart d'entre eux doivent bien se rendre à l'évidence, comme la Lauden : on est forcé d'élargir ses activités si on veut survivre.

Comprenant qu'elle venait de faire une gaffe, elle rougit violemment. Tom ne s'émut pas.

— C'est aussi votre avis, Judith ? Vous vous sentez obligée de nous avoir comme clients, moi et mon groupe ?

Elle s'agita sur sa chaise, mal à l'aise.

— Vous avez incontestablement beaucoup de talent, je le reconnais sans réserve...

— Vous pensez à mon talent de soliste classique en disant cela, n'est-ce pas ?

— Oui, en effet.

— Et vous ne me reconnaissez aucun talent dans le domaine de la musique rock ?

— Je ne dis pas cela. Mais il m'est impossible de comprendre pourquoi vous avez sacrifié une carrière classique qui s'annonçait glorieuse pour faire... ce que vous faites maintenant. Evidemment, ce n'est pas à moi de juger les choix que vous avez décidé de faire dans la vie, mais...

— Cela ne vous regarde pas, effectivement. Mais puisque vous avez mis la question sur le tapis, laissez-moi vous dire que je n'ai pas l'impression d'avoir abandonné quoi que ce soit. Je passe des heures chaque jour à jouer de la musique classique. Sans doute une femme comme vous est-elle incapable de comprendre que j'ai besoin de ces deux genres pour me sentir complet. Ma carrière de pianiste classique ne me satisfaisait pas. Il me semblait que je stagnais, que j'étouffais. On m'a dit un jour qu'on ne trahissait jamais que ses propres principes. Eh bien, sur ce point, j'ai la conscience tranquille.

Une phrase avait retenu l'attention de Judith.

— Puis-je vous demander ce que vous entendez par « une femme comme vous » ?

Il se leva et la dévisagea un moment. Les souvenirs de la nuit passée étaient si vivaces dans l'esprit de la jeune femme qu'elle aurait voulu effacer d'un trait tout ce bavardage inutile. Mais les différences qui les séparaient étaient trop importantes pour les passer sous silence. Ils ne construiraient rien de solide dans leur vie s'ils ne décidaient d'en parler ouvertement. Le moment était venu, se dit Judith. Elle soutint froidement son regard, consciente du gouffre qu'elle allait peut-être creuser entre eux.

Il partit d'un rire bref et déplaisant.

— Vous êtes une snob ! Une insupportable snobinette intellectuelle à l'esprit étroit et aux idées préconçues. Voilà ce que j'ai voulu dire.

— C'est faux ! cria-t-elle, furieuse.

— Vous croyez ? Pourtant, c'est ainsi que je vous vois. Vous êtes charmante, Judith, comme l'andante d'une sonate de Schubert. Si vous pouviez toujours être comme hier soir ! Ce serait merveilleux. Mais il y a en vous un manque de chaleur humaine qui vous glace l'âme. Vous n'êtes pas aussi vivante que vous pourriez l'être, que vous devriez l'être. Tant que vous ne le reconnaîtrez pas, tant que vous ne vous ouvrirez pas au monde qui vous environne, vous perdrez beaucoup de ce que la vie peut vous offrir et vous vous dessécherez. Mais sans doute ne change-rez-vous jamais, comme la plupart des femmes de votre genre. Elles préfèrent s'isoler dans leurs tours d'ivoire et continuer à s'interroger désespérément sur le vide de leur existence.

Judith était outrée.

— Si vous avez fini de décharger ce que vous aviez sur le cœur, vous pouvez partir.

Sa voix était dure, coupante.

— Je vous ai fâchée ? demanda-t-il avec un sou-rire narquois qui finit d'exaspérer la jeune femme.

— Oui, exactement. Après ce qui s'est passé entre nous la nuit dernière, comment osez-vous m'accuser de froideur ? C'est injuste !

— Ce qui est parfaitement injuste et injustifiable, c'est que vous vous permettiez de juger ma musique et mon travail. Oui, notre nuit a été merveilleuse, c'est sûr, mais cela ne vous donne absolument pas le droit de m'insulter.

— Je comprends maintenant pourquoi Kurt m'a recommandé de vous rendre heureux pendant la tournée. Je vois ce qu'il voulait dire ! Sans doute lui avez-vous demandé que je sois du voyage pour vous assurer de petits divertissements nocturnes. Et je suis tombée dans le panneau ! Quelle idiote !

— Qu'est-ce que vous dites ? demanda-t-il, les yeux agrandis de surprise.

Sa réponse explosa littéralement.

— Ne faites pas l'innocent, Tom Olivier ! Cela ne prend pas. Je vous accompagnerai puisqu'il le faut et je ferai mon travail convenablement ; mais ne comptez pas sur une deuxième nuit comme celle d'hier. Je ne serai pas votre maîtresse. Aucune des ruses que vous inventerez ne réussira à me ramener dans votre lit. Vos méthodes sont méprisables.

Les yeux de Tom étincelèrent comme le néon sous un ciel d'orage.

— Mademoiselle Vanover, je ne sais pas ce que vous avez dans la tête, mais je tiens à vous dire que ce n'est pas moi qui ai réclamé votre présence pendant notre tournée européenne. L'idée vient de la Lauden. On me l'a soumise et je l'ai acceptée, rien de plus. Sachez aussi que je n'ai encore jamais eu à recourir à la ruse ou à la force pour gagner les faveurs d'une femme.

Judith avala péniblement sa salive. D'instinct elle sentait qu'il ne mentait pas. C'est elle qui avait été stupide de tirer des conclusions hâtives d'une simple petite phrase prononcée sans aucune mauvaise intention. Kurt n'avait sûrement pas pensé à autre chose en lui disant cela qu'au bien-être moral de son client, selon son habitude. Quant à Olivier, elle aurait dû se rendre compte qu'il n'était pas le genre d'homme à lancer pareil ultimatum.

— Bon, fit-elle lentement. Je regrette mon emportement. Je crois même n'avoir jamais réellement pensé ce que je viens de dire. Mais vous m'avez vraiment mise en colère en me parlant comme vous l'avez fait et j'ai voulu vous rendre la monnaie de votre pièce. Puisque nous allons travailler ensemble, oublions tout cela.

— Tout ?

— Oui, répondit-elle fermement.

— Vous avez vite fait de reprendre votre rôle de princesse des glaces. J'aime mieux vous voir piquer une colère, m'insulter, me traiter de tous les noms plutôt que réintégrer votre armure d'indifférence. Tenez, battez-moi avec vos jolies petites mains.

Elle le regarda, abasourdie.

— Vous êtes fou ? Je ne m'abaisserai jamais à agir de la sorte !

— Non ? Cela ne m'étonne pas, vous en êtes incapable. C'est dommage pour nous deux. Appelez-moi quand vous aurez besoin de moi. A bientôt !

— Je n'y manquerai pas. Si je vous ai blessé, pardonnez-moi. Il est vrai que j'ai des goûts très précis dans le domaine musical mais je reconnais que je n'ai pas le droit de vous les imposer. J'aurais dû comprendre dès le début que mes sentiments sur ce point contrarieraient nos relations personnelles. Mais soyez assuré qu'en tant que votre agent, je ferai de mon mieux pour vous aider dans la carrière que vous avez choisie.

— Je n'en ai jamais douté. Il suffit de vous voir pour en avoir la certitude.

— Je suppose que c'est encore une insulte !

— Non, Judith. L'intégrité est une qualité que j'apprécie plus que toute autre.

Il s'en alla sans rien ajouter, la laissant désolée et perplexe. Pour une personne habituée au calme et à la sérénité, la matinée avait été dure et la leçon cruelle. Elle avait compris que, malgré leur incontestable attirance mutuelle, elle et Tom n'arriveraient jamais à construire quoi que ce soit de concret et de solide sur le plan personnel. Elle en éprouvait de l'amertume tout en reconnaissant qu'il valait mieux enrayer tout de suite l'engrenage avant que son cœur ne soit trop pris. Mais n'était-ce pas déjà trop tard ? La douleur qu'elle ressentait ne semblait pas près de s'atténuer rapidement.

Debout devant la caisse du magasin de fleurs, Judith écrivait un mot sur une de ses cartes de visite :

« Veuillez accepter mes excuses pour les paroles désagréables prononcées hier. Pouvons-nous tout reprendre à zéro ?

« Judith. »

La fleuriste l'aida à choisir une plante convenable. Elle paya et donna l'adresse d'Olivier.

Soulagée, elle se promit d'agir dorénavant de façon plus rationnelle. Elle se tiendrait sur ses gardes.

De retour au bureau, elle s'occupa avec sa secrétaire de retenir des chambres dans les meilleurs hôtels des villes où le groupe devait se produire.

Avant la fin de la journée, une corbeille de fleurs fut livrée à son intention à la Lauden avec ces quelques lignes :

« Chère Judith, toutes les défaillances sont oubliées. Selon votre désir nous repartons du pied droit. Puisse notre voyage renforcer notre amitié.

« Tom. »

Que de froideur ! songea-t-elle. Etait-elle satisfaite de constater qu'il était prêt à jouer le jeu qu'elle lui avait suggéré ? Oui, sans doute. Elle avait presque oublié le monde nouveau et fantastique qu'elle avait découvert dans ses bras. Presque...

— C'est tout ce que vous emportez ? demanda Drew surpris. Je croyais que les femmes avaient une peur horrible de porter deux fois la même tenue.

Il était venu l'aider à boucler ses bagages et l'accompagner à l'aéroport.

— C'est vrai en général, mais dans le cas présent je préfère voyager léger, comme on dit. Toute l'attention sera concentrée sur Olivier, pas sur moi. Alors j'en profite. D'ailleurs, si je manque de quelque chose, je me l'achèterai à Rome ou à Paris. Au retour, il me faudra sûrement une malle de plus !

— J'en doute, vous connaissant comme je vous connais ! Vous allez me manquer, vous savez.

— Vous aussi, Drew. Mais je ne serai absente qu'un mois... un très long mois, je le crains.

— Vous êtes toujours contrariée d'avoir été chargée de cette mission ? Les affaires d'Olivier sont-elles si difficiles à régler ?

— Oh non ! Il n'aurait même pas besoin de moi. Ce qui m'ennuie, c'est sa musique. Enfin, puisqu'il faut que je m'en occupe, je le ferai. A propos, me rendriez-vous un service ?

— Bien sûr ! Tout ce que vous voudrez.

— Je vais vous donner la liste des hôtels où nous descendrons. Soyez gentil de m'appeler de temps à autre pour me dire comment se comporte au hit-parade la chanson intitulée *Peine d'amour douce-amère.*

— De qui est-ce ?

— D'Olivier. C'est son dernier titre. Je crois que ce sera un tube et, dans ce cas, nous en ferons le pivot d'un album de disques à mon retour.

— Cet homme est une mine d'or, n'est-ce pas ?

— Vous avez vu le dernier rapport financier de la Lauden ?

— Oui, j'en ai pleuré ! Penser qu'une telle musique rapporte des sommes pareilles ! On ne peut plus éviter de semblables mésalliances maintenant si l'on veut survivre. Il y a trop d'argent en jeu.

— Voulez-vous que je vous révèle quelque chose de curieux à propos d'Olivier ?

— Pas spécialement, mais allez-y quand même.

— Il est diplômé de la Juilliard. Je l'ai entendu jouer de la musique classique... superbement !

Drew se gratta la tête, l'air perplexe.

— Alors, pourquoi...

— J'ai osé lui poser la question. La réponse n'est guère encourageante.

— Vous piquez ma curiosité !

— Il m'a dit qu'il aimait les deux genres de musique et qu'une femme comme moi, évidemment, était incapable de le comprendre parce que je suis une snob.

— C'est charmant !

— En effet.

— Je pense que vous ne lui adressez plus la parole, depuis ?

— Je suis son agent.

— Quel courage !

Drew resta auprès d'elle jusqu'à l'embarquement.

— Prenez bien soin de vous, dit-il en l'embrassant affectueusement. Il y a quelque chose dont j'aimerais vous parler à votre retour.

Elle devinait trop bien l'allusion.

Il lui prit le bras avec beaucoup de douceur, comme s'il l'estimait très fragile, et l'embrassa encore. Elle souhaitait désespérément lui faire plaisir et tenta de lui rendre un baiser plein d'ardeur. Il en fut surpris.

— C'est bien ma chance ! Maintenant que vous partez, vous devenez tendre.

— Au revoir, Drew !

En s'installant dans l'avion, elle se dit que ce qu'elle venait de faire était plutôt indélicat. Elle s'était servie de Drew pour piquer Olivier et lui avait fait miroiter des espoirs qui n'existaient pas.

Levant la tête, elle aperçut le chanteur debout dans l'allée.

— Bonjour, lui dit-elle avec un sourire emprunté et tout professionnel. Je croyais que vous et vos musiciens voyagiez en première classe pour préserver autant que faire se peut votre incognito.

— Chut ! Jusqu'à présent, on ne nous a pas repérés. Je ne sais pas si j'en suis soulagé ou déçu. Vous ne voulez pas nous rejoindre ?

— Non, merci, je préfère rester ici. J'aime être avec les gens ordinaires et les observer.

— Ah ! Je vois. Vous avez l'esprit contemplateur. Participer à la vie ne vous intéresse pas.

— Nous sommes censés nous conduire amicalement, lui répondit-elle avec un regard sévère. Vous vous en souvenez, j'espère.

— Comment aurais-je pu l'oublier ? Des camarades ! A propos, j'ai vu votre ami vous embrasser tout à l'heure. Il avait l'air d'un homme affamé devant un steak !

Judith ne put s'empêcher de rire malgré son irritation devant tant d'insolence.

— Vous avez une façon de vous exprimer pour le moins curieuse mais non dénuée d'originalité !

— Cela vient sans doute de ce que je suis compositeur de chansons. Votre ami, c'est sérieux ?

— Que vous importe ? Drew est un de mes collègues de la Lauden. Et je ne vois pas pourquoi je vous donnerais des explications. Après tout, je ne vous ai pas demandé si la belle blonde qui vous accompagnait à l'aéroport était votre petite amie !

— Non, en effet, vous ne me l'avez pas demandé. Sans doute parce que vous vous en moquez éperdument. Mais je peux vous dire qu'elle ne l'est pas. Je ne connais même pas son nom, alors !

L'hôtesse vint prier Olivier de regagner son siège. Judith boucla sa ceinture. Tandis que l'avion décollait, elle réfléchissait en se mordillant la lèvre. Tout bien compté, c'était vraiment excitant de voler vers l'Europe, même si la présence d'Olivier faisait partie du contrat.

Chapitre 4

— VOUS AVEZ L'AIR D'UNE PETITE FILLE, JUDITH !

A contrecœur elle détacha les yeux du square londonien qu'elle observait depuis un moment et tourna la tête. Tom venait de la rejoindre inopinément. Elle se sentait effectivement excitée comme une enfant à la veille de Noël : tout ce qu'elle voyait était si nouveau ! Ses joues étaient cramoisies et ses yeux pétillaient.

— Vous me croyez sûrement stupide... mais je trouve Londres très amusant. Vous êtes déjà venu en Europe, n'est-ce pas ?

— Plusieurs fois, il y a longtemps. N'empêche que j'attends avec impatience les différentes étapes de notre tournée. Londres est un excellent point de départ. Ici, au moins, pas de barrière linguistique !

Un grand gaillard passa en courant et bouscula Tom par inadvertance.

— Oh pardon ! dit-il hors d'haleine. Mon camion est en panne d'essence... à moins que ce ne soit un problème de moteur. Toujours est-il qu'il gêne terriblement la circulation. Alors, pendant que l'agent de police le surveille, je cours chercher de l'aide. Quelle tuile !

Et il repartit à fond de train. Tom et Judith éclatèrent de rire.

— Que disiez-vous à propos des barrières linguistiques ?

— Que tout est relatif. Vous comprendrez très bien quand vous vous trouverez dans un pays où non seulement l'accent mais le langage sont différents.

— D'où pas mal de problèmes, je pense.

— Beaucoup !

— Je parle un peu le français et l'espagnol. Cela nous sera peut-être utile.

— N'y comptez pas ! Je croyais avoir de bonnes notions de français jusqu'au moment où je suis arrivé en France ! Je ne sais pas quelle langue ils parlent là-bas, mais elle n'a rien à voir avec ce qu'on apprend à l'école. Commander le repas le plus simple devient un casse-tête. Je me suis senti aussi stupide que Tarzan dans la jungle.

Judith s'amusait. Décidément ce Tom était vraiment un compagnon distrayant et elle se sentait d'humeur joyeuse : elle était en Europe pour la première fois de sa vie et le soleil brillait sur Londres.

Le carillon de Big Ben retentit tout à coup. Elle saisit le bras de Tom.

— Oh ! Big Ben ! Que c'est beau !

Elle écouta un instant de toutes ses oreilles puis ajouta :

— Vous savez, on dit toujours que les touristes usent et abusent de leurs appareils photographiques. J'avoue que j'ai apporté le mien, mais il y a des choses qu'aucune pellicule ne peut fixer : les sons par exemple.

— Vous n'avez qu'à les enregistrer sur votre magnétophone ! Vous attacherez la cassette à votre horloge new-yorkaise et ainsi vous entendrez Big Ben nuit et jour si vous le désirez!

— C'est cela, moquez-vous de moi avec vos grands airs!

— Mes grands airs de quoi?

— D'homme blasé qui essaie de prouver qu'il n'y a rien de nouveau pour lui sous le soleil.

— Ne me blâmez pas. J'essaie de vous impressionner.

Elle lui sourit presque malicieusement et s'aperçut qu'elle n'avait pas lâché son bras. Attention, se dit-elle. Pas de marivaudage! Bien des émotions dangereuses peuvent se dissimuler derrière une plaisanterie.

— Voyons, Tom, vous savez depuis longtemps que vous m'impressionnez, dit-elle en réussissant à se dégager avec naturel.

Mais sa main se sentait étrangement vide maintenant qu'elle ne reposait plus sur l'avant-bras de Tom.

— Comment y suis-je parvenu? C'est la question à mille francs!

— Cherchez!

— Connaîtrai-je jamais la réponse?

— A quoi?

— Au mystère que vous représentez pour moi. Qui est la vraie Judith Vanover? Celle aux yeux rieurs et pleins d'humour, dont les cheveux volent librement au vent fripon de Londres? Ou bien la dame guindée et sévère qui s'indigne dès que les choses ne sont pas dans les règles?

— A vous de le découvrir... si vous estimez que cela en vaut la peine. Quand me suis-je indignée?

— En différentes occasions. Je dirai même que l'indignation est un de vos talents majeurs.

— Voyez-vous cela! Au moins, vous reconnaissez que je suis bonne à quelque chose.

— Vous avez beaucoup d'autres qualités, mademoiselle Vanover.

— Lesquelles ?

— Vous êtes un excellent agent.

— Merci.

Elle rattrapa son écharpe qu'agitait le vent, s'emplit une fois encore les poumons d'air et s'imprégna de l'atmosphère de la ville en attendant que Tom poursuive la conversation. Mais son silence se prolongea.

— Alors ? demanda-t-elle avec un sourire.

— Alors quoi ?

— C'est le seul talent que vous me reconnaissiez ?

— Ma foi, comment le saurais-je ? Vous n'avez jamais accepté de jouer du piano devant moi... Vous ne m'avez jamais préparé un bon petit plat ni recousu les boutons de mes chemises...

— Ah ! J'ai été très négligente ! Eh bien, pour punition vous allez ramasser toutes vos chemises à raccommoder et les déposer dans ma chambre. Vous verrez si vous ne serez pas impressionné par mes qualités de couturière !

— Je préférerais que vous m'impressionniez... autrement.

— Pas question. Nous avons décidé d'oublier, vous vous rappelez ?

— Mais je ne pensais pas à cela, justement.

— Tant mieux. Je ne jouerai pas de piano non plus. Seules mes oreilles ont le droit de m'entendre.

— Vilaine égoïste !

— Peut-être. Dites-moi, quand vous êtes venu ici il y a quelques années, c'était avec un orchestre ou...

— Avec un orchestre, bien sûr. Cette fois-ci, c'est très différent.

— J'imagine !

— Toujours pas d'accord ?

— Ce n'est pas à moi d'approuver ou de désapprouver ce que vous faites.

— Alors, n'en parlons plus.

— Entendu. Mais puisque vous avez déjà séjourné ici, dites-moi un peu...

— Tout ce que vous voudrez.

— Pendant les trois jours où nous serons à Londres, croyez-vous que nous ayons une chance d'avoir du brouillard ?

— Vous voulez voir la purée de pois ?

— Evidemment. Venir à Londres et ne pas circuler dans le brouillard me semble très décevant, puisque c'est ce qui fait la réputation de cette ville dans le monde entier !

— En général, les gens préfèrent savoir où ils mettent les pieds.

— Eh bien, pas moi. J'ai envie d'une vraie purée de pois. Je veux porter mon imperméable et marcher dans les rues sans me rendre compte de ce qu'il y a devant moi.

— Mais c'est très dangereux ! Moi qui vous croyais pleine de bon sens.

— J'ai mon petit côté romantique.

— C'est ce que je vois. Eh bien, faisons un marché.

— Lequel ?

— Je propose qu'en cas de purée de pois, nous sortions ensemble. Peut-être ai-je raté quelque chose de passionnant !

— A une condition : avez-vous un imperméable ?

— Non. Est-ce absolument nécessaire ?

— Indispensable.

— Bon. J'en achèterai un. Tope là ?

— Tope là. Tenez, regardez, voici Rick qui vient à notre rencontre. Même si je ne le connaissais pas je devinerais qu'il n'est pas anglais. Il y a en lui quelque chose de typiquement américain.

Rick Harrison les rejoignit en courant.

— Qu'est-ce que vous fabriquez tous les deux à vous promener ?

— Tu as mieux à nous proposer ?

— Et comment ! On a besoin de bras. Venez nous aider à installer notre équipement.

— Pourquoi ? Ils n'ont pas de machinistes au théâtre ?

— Bien sûr que si. Mais tu ne t'imagines tout de même pas que je vais les laisser toucher à mes instruments ?

Lorsqu'ils regagnèrent l'hôtel, Judith se demanda si elle ne regrettait pas que Rick soit venu interrompre son tête-à-tête avec Tom. L'avait-il retrouvée par hasard ou exprès ? Sa contrariété s'effaçait rapidement, il avait tant de charme ! Mais leurs différences fondamentales demeuraient, il ne fallait pas l'oublier.

— Judith ! appela Tom qui se dirigeait vers la chambre de la jeune femme.

— Oui ?

— Vous parliez sérieusement à propos des boutons de chemise ?

— On ne peut davantage. Ai-je l'air d'une personne capable de faire de fausses promesses ?

— Non, bien sûr. Dans ce cas, j'ai une faveur à vous demander.

— Laquelle ?

— Venez ce soir.

— Au concert ? Il va de soi que j'y serai !

— C'est très important pour moi de savoir que vous veillez à ce que tout soit en ordre. Merci !

Judith referma la porte de sa chambre, en proie à des émotions contradictoires. Il lui était décidément impossible de rester près de cet homme sans penser à ce qu'elle avait éprouvé dans ses bras. Ses yeux d'un bleu extraordinaire la troublaient, sa bouche l'enflammait et sa voix aux sonorités graves et sensuelles lui faisait perdre la tête. Il fallait absolument qu'elle trouve le moyen de se protéger contre lui.

Elle se doucha à l'eau froide pour se calmer, puis, enveloppée d'une serviette-éponge, elle se jeta sur le lit et relut la liste des villes où la vedette allait se produire. Elle aurait beaucoup à faire, tant mieux :

il lui resterait très peu de temps à consacrer à Olivier personnellement. Elle s'arrangerait même pour occuper ses quelques loisirs en faisant des visites touristiques. S'il faisait mine de vouloir l'accompagner, elle accepterait à condition que les autres musiciens soient de la partie. Elle devait éviter à tout prix de rester seule avec lui, sinon elle ne répondait de rien. Son corps, trop longtemps privé de plaisir, avait des appétits qu'elle avait du mal à contrôler.

Etant enfant, son père lui avait donné l'habitude de dresser la liste des pour et des contre chaque fois qu'elle avait une décision importante à prendre. Elle avait toujours trouvé idiote cette exigence et l'avait abandonnée sitôt débarrassée de l'emprise familiale. Aujourd'hui, il lui semblait que le système pourrait l'aider.

Elle s'installa devant la table, sortit une feuille de papier à lettres et se mit à écrire.

TOM OLIVIER

Pour	Contre
Séduisant	Aime flirter
De bonne compagnie	Monsieur « je sais tout »
Plein de talent	Trop prompt à faire des commentaires
	Galvaude son talent
	Différence de formation
	Différence de goûts

Manifestement, les contre l'emportaient. Ce n'était donc pas l'homme qu'il lui fallait. Elle s'en doutait depuis leur première rencontre, malgré le désir merveilleusement sensuel qu'il éveillait en elle. Jamais ils ne pourraient rien construire de solide. Trop de différences les opposaient. Inutile de se leurrer.

D'un geste brusque, elle fit une boule de la feuille de papier et la jeta au panier.

Elle sortit de son armoire une robe bleu pâle, simple et élégante. Plairait-elle à Tom ? Ah non ! se dit-elle, je ne veux pas penser encore à lui. Vraiment, il devrait y avoir une législation contre les hommes de son espèce, faits d'acier enrobé de miel, tout velours dehors, tout métal à l'intérieur. Si elle continuait, il allait lui falloir une autre douche froide !

Mais non. La sage Judith saurait se limiter aux problèmes professionnels.

La foule qui se pressait dans la prestigieuse salle de concert londonienne faisait assaut d'élégance. Pourvu que les spectateurs ne soient pas trop froids ! On lui avait toujours dépeint les Anglais comme des gens très réservés. Si jamais ce premier concert était un échec, s'il y avait le moindre incident, la moindre critique défavorable, les conséquences en seraient désastreuses pour la suite de la tournée. Elle imaginait déjà Paris, Vienne, Berne et Rome décommandant le spectacle.

Debout dans les coulisses, elle retint son souffle quand les musiciens attaquèrent la première chanson. Malheureusement — et elle le regrettait maintenant — elle n'avait pas occupé le fauteuil qui lui était réservé dans la salle, d'où elle aurait pu observer les réactions du public. Public qui d'ailleurs réagissait déjà chaleureusement. Voyant que d'emblée Olivier captait la sympathie de tous et leur admiration, elle se détendit. Rick, Larry, Pete et Gregg se dépensaient comme des diables et soutenaient Tom avec leur fougue habituelle. Les spectateurs vibraient et applaudissaient à tout rompre entre chaque chanson.

Vers la fin de la représentation, Olivier s'avança jusqu'au bord du plateau.

— Je veux vous remercier de tout mon cœur, dit-il, de m'avoir accueilli dans votre merveilleux pays et permis de vous distraire dans cette superbe salle au passé glorieux. On m'a dit que c'est la première fois que ces augustes murs abritent un groupe de musique rock. J'en suis fier. J'espère que nous avons bien mérité de vous et que ce spectacle sera le premier de toute une série à venir.

Des applaudissements frénétiques répondirent à ces propos. Lorsque le calme fut revenu, il poursuivit :

— J'ai eu l'honneur de jouer ici il y a cinq ou six ans. Je doute qu'aucun de vous s'en souvienne. A cette époque, j'appartenais à un orchestre philarmonique et de ce fait je n'avais pas la possibilité de m'adresser directement à mes auditeurs comme je le fais ce soir avec vous. J'étais alors pianiste classique.

La foule était subjuguée, suspendue aux lèvres du chanteur. Judith secoua la tête : il exagérait un peu, non ?

— Notez, continua-t-il, que je n'ai pas abandonné le piano. J'en ai joué ce soir, de façon différente, évidemment. Mais c'est tout de même du piano ! Mon agent, une charmante jeune femme, n'arrive pas à comprendre pourquoi j'ai renoncé au classique. Eh bien, si vous me promettez le secret, je vais vous révéler la vérité.

Le silence était si total qu'on aurait entendu une mouche voler. A voix plus basse il déclara :

— C'est parce que je me sentais frustré de ne pouvoir bavarder librement avec mon public, de ne pouvoir chanter pour lui. Alors, je vous le demande, ai-je fait un mauvais choix ?

Des hurlements d'enthousiasme fusèrent de partout.

— C'est parfait, dit-il en riant, parce que... *Il fait si bon ici ce soir...*

Les musiciens avaient déjà attaqué les premiers accords de la chanson, une des mélodies favorites d'Olivier que, pour des raisons inconnues, il n'avait pas encore enregistrée. Il faudrait remédier au plus tôt à cette défaillance, songea Judith qui écoutait avec attention et ne trouvait pas cela si mauvais... pour du rock, bien entendu !

— Avant de vous quitter ce soir, reprit Olivier, je souhaiterais rendre hommage à de grands compositeurs anglais. Bien qu'ils n'aient jamais eu la chance de se produire dans cette salle, je suis sûr que vous les connaissez tous et les aimez.

Chacun s'attendait à entendre un extrait de quelque morceau classique célèbre. Quelle ne fut pas la surprise générale lorsque retentirent les airs bien connus des Beatles dont Olivier avait réalisé un savant pot-pourri.

Dans la salle, ce fut du délire. Judith n'en revenait pas. Elle sentit quelqu'un s'approcher d'elle et tourna la tête. Le directeur de la salle observait attentivement ce qui se passait sur le plateau.

— C'est fantastique, murmura-t-il. Je n'ai jamais rien vu de pareil. Pourtant, Dieu sait que j'étais réticent devant cette aventure. Je suis d'autant plus heureux de m'apercevoir que j'avais tort. Ce jeune homme a un talent fou ! C'est un immense plaisir de le regarder.

— Merci, monsieur Standefer. A la Lauden, nous estimons en effet qu'il est remarquable et c'est pourquoi nous l'avons accepté dans notre écurie.

Son hypocrisie la stupéfiait : le directeur qui avait eu l'honnêteté de louer Olivier du fond du cœur et sans réserve attendait évidemment que l'agent de la Lauden en fasse autant. Elle avait donc répondu très professionnellement. Mais le cœur n'y était pas. Pourtant, elle se demanda soudain si elle détestait toujours cette musique. En tout cas elle reconnaissait à Olivier le droit de la jouer puisqu'il le faisait si bien. Tant pis si ce n'était pas ce qu'elle aimait, elle ! Quelque part au fond d'elle-même, s'accrochait une sorte de ressentiment qu'elle ne parvenait pas à juguler complètement.

— Oui, bien sûr, reprit M. Standefer comme en écho à ses pensées. J'aurais dû savoir que la Lauden ne recommandait que les meilleurs... comme toujours ! Jamais vous ne m'avez induit en erreur. Je suis si heureux, mademoiselle Vanover, que vous ayez pu accompagner le groupe. Vous ajoutez une touche de grâce et de charme très féminin à cet événement mémorable.

— Merci mille fois, vous êtes trop aimable. Je devine l'effort auquel vous avez dû consentir pour accepter dans vos murs ce genre de concert.

— Oh oui ! Mais ce qui est fait est fait. Je ne regrette rien. Votre Olivier est un as.

Judith jeta un regard vers la scène. Son expression se teinta d'angoisse.

— Ils ont presque fini. Croyez-vous que nous aurons à affronter des mouvements de foule ?

— Probablement pas. M. Olivier a-t-il l'habitude de donner des autographes après le spectacle ?

— En général, oui, dans la mesure où les gens se tiennent calmement. Mais, s'il y a de la bousculade, il disparaît tout de suite.

Ce soir-là, tout se passa le mieux du monde. La séance d'autographes dura longtemps dans une atmosphère qui se maintint au beau fixe. Olivier avait décidément charmé son premier public londonien. Les deux prochains concerts étaient dans la poche.

Parce que c'était la grande première, Judith demeura sagement assise dans la loge du chanteur à l'attendre. Quand il ouvrit la porte et se glissa à l'intérieur pour échapper aux derniers acharnés qui le poursuivaient encore, il avait un chaleureux sourire qui éclairait tout son visage. Elle en fut à la fois effrayée et ravie.

— Quelle bonne surprise, dit-il doucement. Je pensais que vous retourneriez directement à l'hôtel.

— Quel genre d'agent croyez-vous que je sois ? J'ai eu une longue conversation avec le directeur du théâtre. Il est enchanté.

— Et vous ?

— Moi aussi. Tout le monde a particulièrement apprécié votre hommage aux Beatles. Excellente idée.

— Vous croyez ? Tant mieux, parce que j'en ai d'autres pour nos futurs concerts.

— Ah oui ? De quel genre ? Aucune des villes où nous allons nous rendre ne peut revendiquer les Beatles !

— Je sais, mais chacune a son héros. Attendez et vous verrez. Vous n'êtes pas au bout de vos surprises.

— De bonnes, j'espère, fit-elle, sceptique.

— Je vous promets que vous les adorerez... à moins que vous ne les détestiez, sait-on jamais... Avec vous, tout est possible. Mais ce sera amusant de voir vos réactions !

— Hmmm... vous m'inquiétez. A propos de réactions, j'attends avec impatience celles des critiques de journaux, demain. Si elles sont élogieuses, je suis sûre que nous donnerons nos prochains concerts à bureaux fermés. Avez-vous réfléchi à la façon dont vous allez résoudre le problème du langage dans les autres villes de notre circuit ?

Il haussa les épaules, l'air las.

— Vous savez, beaucoup de gens comprennent l'anglais dans tous les pays d'Europe. Je m'arrangerai pour introduire par-ci par-là quelques phrases dans la langue du pays, ce qui amusera les foules, surtout si mon accent est atroce !

— Parfait. Excusez-moi de vous avoir retenu, vous devez être épuisé. Je vous laisse prendre votre douche et vous changer. Encore toutes mes félicitations pour le succès de ce soir.

— Merci. C'était vraiment un succès, n'est-ce pas ?

— Et comment !

— Pourquoi ne m'attendez-vous pas ? Il est tard. Vous ne devriez pas rentrer toute seule.

Judith hésita mais sentit que, si elle cédait, elle était perdue. Le voyant si fatigué, elle avait une envie irraisonnée de le réconforter, de caresser son beau visage avec des gestes doux. Dieu seul savait ce qu'elle risquait ! Non. Il ne fallait pas se retrouver en tête à tête avec lui dans un taxi.

— Ne vous inquiétez pas pour moi. Je suis fatiguée aussi et ne tiens pas à m'attarder. Je trouverai bien quelqu'un pour me raccompagner.

— Bon, alors à demain. J'espère qu'il y aura du brouillard !

Dans quelle galère me suis-je embarquée ? se demanda-t-elle en s'en allant. Qu'arriverait-il s'il y avait vraiment de la purée de pois le lendemain ? Elle pourrait toujours prétexter une violente migraine. Pour l'instant, elle se contentait de prier tous les saints du Paradis de maintenir le beau temps. Une promenade romantique dans le brouillard n'était pas ce qui lui faciliterait les choses !

— Hé là ! cria-t-elle aux musiciens qui étaient sur le point de quitter le théâtre, l'un de vous rentrerait-il à l'hôtel avec moi ?

Ils se regardèrent, surpris.

— Bien sûr, dit Rick le premier.

Quand ils furent installés dans le taxi, il demanda :

— Olivier a le moral ?

— Je crois bien. Il est épuisé mais tout a très bien marché. C'est un excellent présage pour la suite de la tournée.

Il l'observa en silence. N'était-il pas mal à l'aise ? Finalement, elle planta son regard droit dans le sien. Il se détourna aussitôt.

— Rick ! Vous vous conduisez de façon très étrange. Ai-je fait quelque chose qui vous ait déplu ?

— Oh non ! Seulement... j'ai envie de vous poser

une question très... personnelle et je ne sais comment m'y prendre.

— Personnelle ? Quoi ?

Il rejeta ses cheveux en arrière et sortit un paquet de cigarettes de sa poche.

— Vous permettez que je fume ?

— Bien sûr. Mais je croyais qu'aucun de vous ne fumait.

— En présence de Tom, c'est interdit. Il est intraitable sur ce point car il est persuadé que la fumée est nocive pour sa voix.

— Je vois. Mais vous alliez me demander quelque chose...

— Oui... Euh... Avez-vous la moindre idée de ce que ressent Olivier à votre égard ?

— Oh... Il me respecte en tant qu'agent. En tant que personne, il me tolère tout juste. Il me trouve snob et ce n'est qu'une faible partie de ce qu'il me reproche. Il y a des moments où ses insultes deviennent très poétiques !

Pourquoi disait-elle tout cela à Rick ? Elle aurait été bien embarrassée de donner une réponse. Peut-être pour se soulager ? Ou parce qu'elle n'avait personne d'autre à qui parler ?

Rick partit d'un petit rire.

— Pourtant, vous faites un beau couple, tous les deux. Et nous avons tous remarqué qu'il est très différent en votre présence. C'est difficile à expliquer... mais, quand vous entrez dans une pièce où il se trouve déjà, eh bien... il change, il s'illumine. Il a été fou de joie en apprenant que vous veniez en tournée avec nous. Voilà près de quatre ans que nous vivons avec lui et jamais nous ne l'avons vu réagir ainsi avec une autre femme. Il est comme un gosse devant son premier béguin !

C'était au tour de Judith de se sentir mal à l'aise.

— Pourquoi me dites-vous cela, Rick ?

— Je ne sais pas vraiment. J'aime beaucoup Olivier, alors peut-être mon cœur me dicte-t-il simplement d'essayer de jouer les médiateurs, en espérant que vous lui accorderez quelques faveurs...

Elle lui jeta un regard indigné. Mais il ne la laissa pas parler et reprit aussitôt :

— Avant que vous répondiez, je tiens à ce que vous sachiez que je parle en mon nom propre. Olivier ne m'a rien demandé et il me tordrait probablement le cou s'il savait ce que je viens de vous dire. Alors je vous en prie, ne le lui rapportez pas ! Mais vraiment, je ne peux m'empêcher de constater que vous allez drôlement bien ensemble, tous les deux !

— Rick, Rick, Rick, fit-elle en secouant la tête, incapable de se fâcher contre le jeune musicien, vous avez inventé une belle histoire très romantique. Mais Tom et moi sommes trop différents pour nous entendre vraiment. Certes, nous sommes physiquement attirés l'un par l'autre, mais cela ne peut aller bien loin. Vous vous moquerez sûrement de moi si je vous dis que je suis une des dernières vieilles filles qui restent en ce monde. J'ai des principes ! Quand j'aime, il faut que ce soit pour toujours.

— C'est impossible avec Olivier ?

— La route est trop longue. Il aurait trop de tentations.

— Me croiriez-vous si je vous disais qu'il n'en a plus ?

— Pour le moment, peut-être. Mais qui peut préjuger de l'avenir ? Vous allez me promettre une chose, Rick...

— J'ai l'impression que cela ne va pas me plaire.

— Tant pis. Je vous demande instamment, à vous et à vos camarades, de ne jamais me laisser seule avec Tom.

— C'est donc si grave ? fit-il, surpris. Vous feriez mieux de céder, à mon avis. Vous avez toujours l'air si calme, si contrôlée !

— Je l'étais, oui, jusqu'à ma rencontre avec Tom.

— C'est un signe. Il ne faut pas l'ignorer.

— Ecoutez, Rick, ne me rendez pas les choses plus difficiles qu'elles ne le sont. J'ai ma fierté, vous savez. Il m'est pénible de demander un service, encore que j'aie mes raisons pour cela, trop compliquées à expliquer. Je ne veux à aucun prix risquer une liaison avec Tom. Il y aurait trop à perdre... pour nous tous.

Le taxi s'arrêta devant l'hôtel. Rick murmura rapidement :

— Judith, je ferai mon possible pour vous satisfaire. Mais je ne comprends pas ce qui vous pousse à agir ainsi. J'espère que vous changerez d'avis très bientôt. Réfléchissez.

Elle lui souhaita bonne nuit et gagna sa chambre. Après s'être mise en tenue de nuit, elle s'approcha de la fenêtre et contempla Londres scintillant dans la nuit.

Un taxi stoppa devant l'hôtel. Olivier et le reste des musiciens en descendirent. C'est alors qu'une jeune femme sortit de l'ombre. Ils s'immobilisèrent, tournèrent la tête de son côté. D'un geste, Olivier signifia à ses compagnons de l'attendre un instant et se dirigea vers l'inconnue. Il lui donna un autographe, lui baisa la main, échangea quelques mots avec elle puis rejoignit le petit groupe qui s'engouffra dans la porte tournante.

Voilà ce qu'elle redoutait... cette compétition quotidienne avec des intruses, jeunes, belles, tentantes ! Peut-être avait-elle tort d'attacher de l'importance à cet épisode. Quoi de plus courant, en effet, que de voir une admiratrice courir après son idole pour l'admirer de plus près ? Mais qu'avait dit Olivier ? Lui avait-il donné rendez-vous... un peu plus tard ? Judith ne le saurait jamais, ni cette fois ni à l'avenir. Et c'était cette incertitude qu'elle ne pouvait supporter.

Chapitre 5

LES CRITIQUES FURENT ENTHOUSIASTES ET LES CONCERTS se déroulèrent merveilleusement.

Comme toute la petite troupe se rendait au théâtre londonien pour le dernier concert, à travers la vitre du car qu'Olivier avait loué pour faciliter leurs déplacements collectifs, Judith jeta un coup d'œil dehors.

— J'ai l'impression, lui dit Olivier, que le brouillard est en train de tomber !

— En effet. Mais on n'a pas le temps de se promener maintenant. Après le concert, il sera trop tard.

— Vraiment ?

— Aucune personne raisonnable n'irait traîner dans une ville étrangère, couverte de brouillard, à une heure ou deux heures du matin.

— Bien entendu, vous êtes une personne raisonnable.

— Sans aucun doute, ne vous déplaise.

— Dommage.

Cette ultime représentation se termina en

apothéose. Judith avait réussi à trouver une place dans la salle comble, d'où elle pouvait observer le public et voir le spectacle comme il se présentait à l'œil des gens. Au fur et à mesure que se déroulait la représentation, elle comprit ce qu'il y avait de magique dans le talent d'Olivier : il créait une atmosphère électrique par son dynamisme et un savant dosage de charme, de force et de technique. Elle était subjuguée par la façon qu'il avait de tenir le public dans le creux de sa main. Il en faisait ce qu'il voulait et parvenait à transformer l'immense salle où s'écrasaient des centaines de personnes en un univers clos et intime. Quand il souriait, chacun prenait ce sourire pour un témoignage personnel d'amitié. Quand il chantait des airs fougueux et vifs, elle éprouvait une invincible envie de participer à la fête. Et quand il devenait romantique, comme dans *Peine d'amour douce-amère*, elle sentait déferler en elle des vagues de mélancolie. Le pouvoir que détenait cet homme était fascinant.

Ils se retrouvèrent tous dans la loge d'Olivier à la fin du spectacle, autour de bouteilles de champagne qu'ils burent joyeusement avant de s'embrasser à la ronde. Pendant le bref instant où Judith se retrouva dans les bras de Tom, elle ne put s'empêcher de réagir impulsivement à la proximité de ce corps dont elle sentait chaque détail malgré la barrière des vêtements trempés de sueur. Olivier se méprit-il sur la raison de cette réaction ? Il rit d'un air un peu gêné et murmura :

— Excusez-moi, j'aurais dû me doucher avant de vous embrasser. J'ai l'impression de vous avoir offensée.

— Pas du tout, répondit-elle le plus naturellement du monde.

Mais, en son for intérieur, la vérité s'incrustait, brûlante, dans son cœur.

Une heure plus tard, elle était de retour dans sa chambre, songeant que les cinq hommes continueraient sans doute à fêter bruyamment leur succès une grande partie de la nuit. Elle, elle se devait d'être raisonnable et de se coucher sagement.

On frappa à sa porte.

— Qui est là ?

— Tom. Puis-je vous voir un instant ?

— Entrez.

— Il faudrait d'abord que vous déverrouilliez la porte ! fit-il en riant.

Elle ouvrit et se trouva nez à nez avec un personnage de carnaval. Il portait un imperméable d'une couleur indéfinissable, l'air excité comme un gosse à son premier rendez-vous. Ses yeux étaient plus bleus que jamais et elle pria le ciel de la protéger contre ce bleu-là.

— Eh bien ? fit-il.

— Entrez, entrez. Visiblement, vous ne renoncez pas facilement quand vous avez une idée dans la tête ! Mais où donc avez-vous déniché ce... cette chose ! C'est pire que ce que l'on voit sur le dos des pêcheurs de Colombo !

— Voilà qui n'est pas très gentil... après tout le mal que je me suis donné pour le trouver.

— Ne me dites pas que vous avez réellement l'intention d'aller vous promener à cette heure de la nuit ?

— C'est déjà le matin, vous savez.

Judith regarda sa montre : il était deux heures.

— Raison de plus ! Aucune personne sensée...

— N'irait traîner à cette heure-ci dans une ville étrangère couverte de brouillard ! termina-t-il à sa place. Et nous savons que vous êtes on ne peut plus raisonnable. Pour moi, il y a un côté de l'existence qui n'a rien à voir avec le bon sens ou la raison. Quelque chose me dit que vous n'avez pas beaucoup connu la fantaisie dans votre vie. Alors, pour une fois, faites un effort, que diable ! C'est peut-être la seule chance que vous aurez jamais de vous rendre compte de ce qu'est véritablement la purée de pois londonienne. Le jeu en vaut la chandelle, non ?

Elle sentit fléchir sa volonté de résister.

— De toute façon, à cette heure, on ne voit rien du tout !

— Peut-être. Mais le brouillard ajoute une dimension mystérieuse et sinistre à l'atmosphère. Venez donc. Mettez vos petits pieds raisonnables dans de bonnes chaussures raisonnables et sortons avant que le brouillard ne se dissipe.

Elle hocha la tête sans rien dire, sachant déjà qu'elle avait cédé. Quel mal y avait-il, d'ailleurs ?

Elle alla vite enfiler un jean épais, des bottes et prit son vêtement dans l'armoire.

Sans un mot, ils gagnèrent l'ascenseur, traversèrent le hall. Judith se sentait intimidée et un peu folle. Dehors le brouillard très épais les enveloppa aussitôt.

— Où allons-nous ? demanda-t-il.

— Aucune importance.

Il lui prit la main.

— Restons l'un près de l'autre. Ce serait horrible de se perdre.

Tandis qu'ils avançaient, Judith cherchait désespérément un sujet de conversation anodin. Mais rien ne lui venait à l'esprit. Ses sens étaient troublés par cette main dans laquelle se perdait la sienne, réveillant des souvenirs brûlants et un petit démon qu'elle avait vainement essayé de faire taire.

— Vous êtes originaire de l'Ohio ? s'entendit-elle demander.

Quel brillant début, songea-t-elle avec dépit. Elle l'entendit étouffer un rire.

— Eh oui ! La vie y est belle. Mais je ne la trouve pas si mauvaise ailleurs. De toute façon, je suis un enthousiaste.

— C'est une bonne chose. Vous y retournez souvent ?

— Autant que possible. Mais ce n'est guère facile

90

avec le genre d'emploi du temps auquel je suis astreint. Je ne m'en plains pas, remarquez.

— Vous avez de la famille là-bas ?

— Vous êtes sûre d'avoir envie d'entendre parler de ma famille ? dit-il en riant. C'est plutôt ennuyeux, non ?

— Si je vous ai posé la question, c'est que la réponse m'intéresse.

— Oh ! Judith, je ne suis pas dupe. C'est tout simplement parce que ce sujet-là vous paraît moins risqué qu'un autre. Vous vous sentez en terrain sûr ! Eh bien, pour vous satisfaire, je vous dirai que nous sommes une famille très unie, que j'ai six frères et sœurs et que je suis celui du milieu. Mes parents sont des gens chaleureux et affectueux. Mon père a exercé le métier de serrurier. Il gagnait tout juste de quoi nourrir les siens.

— Et votre éducation musicale ?

De nouveau, elle eut l'impression qu'il faisait un effort pour s'empêcher de rire.

— Mon père et ma mère n'avaient aucunement l'intention de faire de moi un enfant prodige. A dire vrai, ils ont été un peu dépassés par les événements. Quand on s'est aperçu que mon talent, comme on dit, était au-dessus de la moyenne, j'ai obtenu une bourse qui m'a permis d'entrer à la Juilliard. S'il y a une chose dont je serai éternellement reconnaissant à mes parents, c'est de s'être obstinés à me faire mener une vie normale. Le petit Tommy vidait les ordures, faisait son lit comme ses frères et sœurs, jouait au base-ball sans craindre de s'abîmer les mains, n'avait pas droit aux caprices d'un génie en herbe. Bien sûr, à leur manière ils étaient fiers de moi, mais pas plus que de ma sœur Jennifer et de ses bonnes notes, ou de Tim, un as du football, ou de Mitch, ordonné prêtre.

— Ce doit être merveilleux de grandir dans ces conditions !

— Oui, en effet. Et vous ?

Judith fit semblant de n'avoir pas entendu la question. Elle laissa son regard errer autour d'elle. Malgré tous les films qu'elle avait vus, rien ne l'avait préparée à l'expérience présente : se promener sans rien voir. Malgré le trouble qu'éveillait en elle la présence de Tom, elle était heureuse de le sentir près d'elle et réconfortée de tenir sa main.

— Cette atmosphère est vraiment incroyable ! Rien d'étonnant que Jack l'Eventreur ait réussi à échapper aux poursuites pendant si longtemps. Quelqu'un brandirait un couteau sous notre nez, on ne le verrait même pas !

— Quel décor pour un crime ! J'ai continuellement l'impression que je devrais repousser le brouillard pour voir où je mets les pieds.

— Oui mais voilà ! Il ne se laisse pas repousser.

Il les enveloppait comme une chape impalpable. Loin d'être sinistre, songea-t-elle, le tableau exprimait même une certaine beauté, mystérieuse et insondable. Elle s'imaginait en héroïne de film, en pleine aventure.

— Vous n'avez pas répondu à ma question, lui rappela Tom. Votre enfance... de mauvais souvenirs ?

— Non, pas exactement, bien que je vous envie la vôtre. J'ai grandi à Port Mason. Je suis fille unique. Ma mère avait presque quarante ans quand je suis née et mon père était encore plus âgé qu'elle. Il était chirurgien, il aimait le violoncelle comme un musicien frustré. Je crois qu'il a vécu sa passion de la musique à travers moi, tout comme ma mère, d'ailleurs. Ils m'ont beaucoup poussée dans mes études musicales. Je ne m'en plaignais pas mais il y avait des moments où j'aurais souhaité qu'ils ne prennent pas les choses tellement au sérieux. Je vivais dans la peur de leur déplaire et, finalement, je les ai déçus. Je me rends compte maintenant que je n'ai pas vraiment eu d'enfance. Je n'avais pas le droit de jouer avec les autres ; on sélectionnait soigneusement mes amis. Je n'ai eu l'autorisation de sortir avec un garçon qu'à l'âge de seize ans et mes pauvres cavaliers étaient soumis à un tel examen critique qu'ils ne renouvelaient pas souvent leurs invitations ! Tous les autres étaient des « chenapans » indignes de moi. J'ai donc vécu très solitaire. Dites-moi, avez-vous reçu des fessées étant gosse ? Vos parents criaient-ils contre vous ?

— Ah oui ! Crier était une chose courante à la maison. Quand ce n'était pas mes parents, c'était un de mes frères ou une de mes sœurs aînés. Quant aux fessées, j'en méritais plus que je n'en ai reçu. Je faisais tant de bêtises avec mes frères et mes copains... pas bien méchantes mais tout de même ! On se racontait des histoires poivrées pendant les cours, on jetait des boules puantes au professeur de math ou bien on versait des saletés dans le café de mon père. Vous voyez le genre.

— Oui ! Moi, je n'ai jamais été fessée. Mes parents n'ont jamais crié après moi. Quand ils me punissaient, c'était par un silence méprisant ou en me forçant à faire de longues lectures ennuyeuses.

— Pauvrette ! Je pense que vous évitiez de mal vous conduire.

— L'idée de faire des bêtises comme celles que vous venez de me décrire ne me serait jamais venue à l'esprit.

La pression de la main de Tom s'accentua.

— Voilà ce que c'est d'être une gosse de riches, dit-il.

— Mais j'aime mes parents, reprit-elle vivement.

— J'en suis sûr. Ce qui ne signifie pas qu'ils vous aient été bénéfiques. Quand cesserez-vous d'être cette gentille petite fille trop bien élevée ?

— C'est ainsi que vous me voyez ?

— Vous me dites que votre histoire n'est pas triste. Eh bien, pour moi elle l'est. De temps à autre, on aperçoit un peu de chaleur et d'excitation dans vos yeux. Mais vous refoulez tout le plus vite possible alors que ces forces luttent pour se libérer. Il y a en vous une sorte de sauvagerie maîtrisée, un côté instinctif qui ne demande qu'à se jeter dans le tourbillon de la vie. Pourquoi ne pas vous laisser aller ?

Judith frissonna. La nuit était humide et froide. Pourquoi poursuivait-elle cette conversation ? La gentillesse de Tom, sa compréhension devenaient dangereuses et risquaient de déclencher en elle des émotions violentes. Elle se sentit lasse tout à coup.

— Où sommes-nous, Tom ? Nous devrions peut-être rentrer.

Il s'arrêta, sans lui lâcher la main. Elle aimait la façon dont il la serrait... suffisamment pour qu'elle se sente protégée mais pas trop pour qu'elle n'ait pas l'impression de lui être soumise.

— Voyez-vous ces lumières là-bas ?

— Oui. Qu'est-ce que c'est ?

— Un pont, je crois. Nous sommes près de la Tamise. Allons jusque-là puis nous rentrerons.

— D'accord. Mais vous croyez que c'est prudent ? Il y a des voitures... on pourrait ne pas nous apercevoir.

— Ne faites pas votre poule mouillée, Judith ! Vous n'aurez qu'à rester près du parapet. De toute façon, les phares nous éclaireront.

— Je me sentirais plus en sécurité si je portais un vêtement fluorescent jaune ou orange !

— Je vous ai déjà dit que la sécurité n'était pas toujours le meilleur des chemins.

— Vous me le répéterez quand je ne serai plus sur un pont, dans le brouillard, à trois heures du matin.

Il se mit à rire et l'adossa contre le parapet.

— Voilà. Vous vous sentez mieux ? Je suis entre vous et la circulation. Vous voilà rassurée, j'espère.

— Euh... pas vraiment.

— Regardez là, en bas. Il y a un bateau qui passe. Vous voyez les légères traînées de lumière qui se déplacent ?

Elle frissonna encore.

— Froid ?

— Je ne sais pas, dit-elle d'une voix à peine audible. Vous avez employé tout à l'heure le mot « sinistre ». Je vais finir par avoir le cafard.

— Pourtant, c'est étrangement beau, reconnaissez-le.

Judith sourit. C'était vrai. Elle embrassa du regard les contours estompés des bâtiments tout proches, les lumières tamisées et les quelques véhicules qui passaient comme des fantômes. Le clapotis des eaux du fleuve ajoutait un bruitage presque irréel.

— Sinistre et superbe, en effet. Le brouillard de Londres à trois heures du matin est probablement une chose que je n'oublierai jamais.

Il lui caressa légèrement la joue puis posa un doigt sous son menton, lui relevant la tête avec douceur. Quand il se pencha pour l'embrasser, elle ne résista pas. Il couvrit son visage de baisers légers qui l'affolèrent et lui firent souhaiter d'être aimée autrement. Elle noua les bras autour de son cou. Une voiture passa et, à la lumière des phares, elle put discerner son expression altérée par le désir.

— Tom ! murmura-t-elle, juste pour le plaisir de s'entendre prononcer le nom chéri.

Il resserra son étreinte, l'attira contre lui. Cette fois, il l'embrassa avec une telle ardeur qu'elle fut incapable de se contrôler plus longtemps. Lèvres entrouvertes, langues gourmandes, ils se dévorèrent littéralement de baisers. Tom chuchotait des mots incohérents, lui caressait les cheveux emmêlés par le vent. Transportée de bonheur, Judith sentit les larmes lui monter aux yeux et glisser le long de ses joues.

— Ne pleurez pas, mon amour, murmura-t-il d'une voix sourde. Vous n'êtes plus la petite fille solitaire et triste. Vous êtes avec moi !

Elle l'embrassait sans parvenir à se rassasier de lui.

— Oh! Mon chéri, vos lèvres sont si bonnes, si chaudes, si douces!

Elle se lova contre lui, détestant les vêtements qui les séparaient. Il lui avait tellement manqué! Une nuit d'amour avec lui l'avait complètement transformée. Un vide douloureux se creusait dans sa poitrine chaque fois qu'elle n'était pas à ses côtés.

Tous deux, la respiration courte, tremblaient de désir. Mais sur un pont de Londres, même dans le brouillard le plus épais, que pouvaient-ils faire?

Quand il relâcha son étreinte, elle tituba légèrement et s'appuya contre le parapet.

— Comme je souhaiterais être de retour à l'hôtel! murmura Tom.

— Et moi, je suis contente de ne pas y être, répondit-elle.

— Cela signifierait-il par hasard que vous avez encore une fois changé d'avis?

— Tom, jamais je n'ai désiré un homme autant que vous. J'en suis effrayée.

Il lui reprit la main.

— Rentrons. Nous avons un bon bout de chemin à faire et je me sens fatigué.

Ils marchèrent dans la nuit, collés l'un à l'autre. L'obsédant désir que ressentait Judith ne s'apaisait pas.

— J'ai peur moi aussi, vous savez! dit-il.

— Comment cela?

— J'ai des doutes sur le succès de nos relations.

— A cause de mon snobisme?

— Oui. Malgré l'attirance que j'éprouve pour vous, je sais qu'il ne peut s'agir entre nous d'une brève liaison parce que vous n'êtes pas une femme comme les autres et que je suis parfaitement conscient de votre irritation contre moi et de votre dégoût de ma musique. Il m'est insupportable. Je ne veux pas que vous essayiez de me changer et je ne souffrirai pas que vous me méprisiez. Vos grands airs m'intimident. Je n'aime en vous que cette femme sauvage, chaleureuse, merveilleuse, que j'ai tenue dans mes bras l'autre nuit. Mais vous en êtes avare !

Judith ne savait que répondre. Elle avançait en silence, laissant sa main obéissante dans la sienne.

— Ne soyez pas fâchée, dit-il doucement.

— Je ne le suis pas. Je me sens simplement perplexe. Ne croyez-vous pas être un peu injuste ? Vous faites deux poids deux mesures : vous ne tolérez pas que je tente de vous transformer mais vous voulez que je change !

— Si c'est ainsi que vous comprenez les choses... j'aurais dû m'exprimer autrement. Dire, par exemple, que je m'arrangerai de nos différences à condition que vous en fassiez autant.

— Parfait. Mais où cela nous mènera-t-il ?

— Comment diable le savoir ? Vous me déroutez continuellement.

— La seule chose raisonnable à faire actuellement est de modérer un peu nos relations jusqu'à ce que nous soyons plus sûrs de nous.

Il demeura silencieux un moment.

— C'est sans doute la sagesse. Ce ne sera pas facile ! En tout cas, pas pour moi. Evidemment, amour et désir peuvent coexister ou survivre séparément. Mais il est difficile de les distinguer. Alors comment résoudre le problème ?

— Je n'accepterai jamais le côté fortuit et accidentel d'une liaison de ce genre. J'en suis incapable. J'ai essayé pourtant ! Nous nous sommes aimés et j'ai tout de suite cherché le moyen de vous garder tout à moi et de vous transformer. J'en ai beaucoup souffert.

— Et moi, pensez-vous que je ne serais pas terriblement malheureux si je découvrais un beau matin que le rocker natif de l'Ohio n'a pas la classe nécessaire pour vivre définitivement avec vous ? L'amour fait mal parfois. Vivre fait mal si on vit vraiment. Mais cela vaut mieux que de rester comme une eau stagnante par peur des mauvais coups.

— Parce que vous estimez que je suis une eau stagnante ? demanda-t-elle avec une pointe d'irritation.

— Ne nous disputons pas, Judith. Je suis amoureux de vous et j'ai si terriblement envie de vous que je ne vois plus clair en moi. Qu'on y mette chacun du sien, notre entente sera parfaite. Mais qui oserait vous promettre un succès définitif dans les circonstances présentes ? Tout ce que je peux vous dire, c'est que je suis disposé à tenter l'expérience. Restez avec moi cette nuit. Je vous assure qu'il y aura pour nous des lendemains heureux. N'avez-vous pas le courage d'essayer ?

— Je vous en prie, Tom, ne me bousculez pas. Vous ne pouvez prétendre me faire perdre d'un seul coup toutes mes retenues.

— Ce serait trop beau ! bougonna-t-il.

— Je ne crois pas en être capable tout de suite.

— L'attente est souvent une excuse à la peur.

— Souvent, mais pas toujours, Tom. J'ai eu l'honnêteté de reconnaître que j'étais effrayée par ce que je ressentais pour vous. Laissez-moi le temps de m'apaiser.

— Bien, bien.

Elle temporisait alors qu'elle ressentait un désir poignant de saisir cette occasion d'aimer et une terreur profonde à l'idée qu'elle pourrait perdre cet homme à cause de ses hésitations. Lui aurait toujours toutes les femmes qu'il voudrait. A chaque concert, elles venaient s'offrir à lui. Il n'avait même pas à leur faire signe... juste à accepter. Mais elle ? N'était-elle pas trop prudente avec ses petites listes de pour et de contre qui lui collaient à la peau ?

Il l'accompagna jusqu'à sa chambre mais ne fit pas le moindre geste vers elle en lui souhaitant bonne nuit.

— Dormez bien, répondit-elle, mal à l'aise. Nous avons un avion à prendre demain.

— Faites de beaux rêves !

— Vous êtes fâché ?

Il haussa les épaules.

— Je ne vais pas bouder, si c'est cela que vous craignez. Mais, si j'étais vous, je me donnerais un peu de bon temps avant qu'il ne soit trop tard. J'aimerais vous voir vous amuser, que ce soit avec moi ou avec quelqu'un d'autre.

— Cela veut dire que je devrais sauter dans le lit du premier venu ? demanda-t-elle avec colère.

Blessée par ses paroles, humiliée, elle s'en voulait à mort. Voilà qu'elle s'était de nouveau précipitée dans ses bras pour le rejeter aussitôt. Ridicule. Mais pourquoi fallait-il toujours qu'il dise des choses désagréables pour lui prouver qu'elle n'était qu'une oie blanche ? Si c'était ainsi qu'il la voyait, pourquoi ne la laissait-il pas dans son coin ? Pourquoi la désirait-il ? Avait-il besoin de conquérir toutes les femmes qui croisaient son chemin ?

— Loin de moi l'idée de penser une chose pareille, Judith ! Je vous conseille simplement de vous distraire. On peut le faire de mille manières. C'est vous qui ne parlez que de lit ! Moi je songeais au jogging ou à la marche, pieds nus dans le sable. Je ne sais plus quel personnage célèbre a dit : rire souvent et longtemps est la clé du succès.

— Pourquoi finissons-nous toujours par nous disputer ?

— Mais non ! Je regrette seulement toutes les bonnes choses que vous manquez dans la vie. Comme nous aurions pu nous amuser, être heureux, cette nuit, ce matin si vous ne vous croyiez pas obligée de jouer les mijaurées.

— Ce n'est pas vrai, protesta-t-elle avec véhémence. Vous me connaissez très mal. Vous vous êtes fait des idées dès notre première rencontre et vous n'en démordez pas.

— Pas vous, peut-être ?

— Si ! admit-elle. Voilà pourquoi je dis qu'il nous faut du temps pour mieux nous connaître.

— Alors, que votre volonté soit faite ! Savez-vous ce que je recherche chez une femme ?

— Comment le saurais-je ? Quelqu'un qui vous ressemble le plus possible ?

— Un sosie d'Olivier ? Non, pas du tout. J'ai besoin d'une femme souple qui soit aussi à l'aise dans la poussière que dans des draps de satin. Vous êtes sûrement merveilleuse dans des draps de satin, mais pour le reste... j'ai des doutes ! Allez, bonsoir, Judith.

Il tourna les talons, la laissant déçue, perplexe et malheureuse.

Mais elle était si épuisée qu'elle s'endormit rapidement avec la pénible impression que, décidément, septembre n'en finirait pas de passer.

Chapitre 6

— BIEN DORMI ? DEMANDA TOM EN REGARDANT JUDITH par-dessus la travée de l'avion qui les séparait.

— A peu près. Et vous ?

— J'étais debout à huit heures.

— Pour quoi faire ?

— Du jogging. Je ne veux pas prendre de ventre ! Et puis nous avons répété. M. Standefer a eu la gentillesse de nous prêter la salle. Nous travaillons une nouvelle chanson que je veux essayer lors d'un de nos prochains concerts.

— Quel courage ! Vous me donnez l'impression que je suis une de ces paresseuses !

Il rit, se détourna et ferma les yeux. Judith ne quitta pas le hublot du regard. Elle voulait apercevoir les montagnes suisses dès que possible.

A Berne, les deux concerts prévus eurent un immense succès. Judith appela la Lauden et fit un compte rendu détaillé à Kurt qui se déclara ravi du déroulement de la tournée et lui annonça qu'à New York tout allait bien.

Puis ce fut Vienne. Malgré l'excitation qu'elle éprouvait à découvrir tant de villes inconnues, Judith se sentait très seule. Comme elle se l'était promis, elle suivait des promenades guidées de son côté. Elle voyait Tom et les autres musiciens le soir au concert mais ne se joignait jamais à eux en dehors de ces quelques heures. Une fois, en passant dans le couloir d'un hôtel, elle avait entendu des rires venir de la chambre de Tom où, apparemment, tout le groupe était réuni. Mais elle avait passé outre et gagné sa chambre dont le calme lui avait paru exaspérant. Refusant obstinément de reconnaître à quel point elle avait besoin de compagnie, elle avait chaussé des souliers confortables dans l'intention de sortir faire du lèche-vitrines.

Jusqu'alors, rien de ce qu'elle avait vu en Suisse ou en Autriche ne pouvait se comparer au spectacle irréel qu'elle avait contemplé au bord de la Tamise, au cours de cette inoubliable nuit de brouillard. Les émotions diverses qu'elle avait ressenties demeuraient vivaces dans son cœur et son esprit.

Ce fut au cours du premier concert à Vienne que Tom présenta au public l'intermède dont il avait vaguement parlé à Judith quelques jours auparavant. Comme à Londres, il s'avança vers les spectateurs et déclara :

— Mes chers amis, dans cette merveilleuse ville qu'est Vienne, vous avez eu plus que votre part de grands compositeurs. Mozart, Haydn, Beethoven ont vécu dans cette capitale et c'est leur musique que vous écoutez en général dans ces murs. Je ne veux pas vous priver plus longtemps du plaisir de les entendre.

Il alla s'asseoir devant le piano sous le regard intrigué de tous les spectateurs qui s'agitaient dans leurs fauteuils.

— Du rock ! Du rock ! crièrent quelques voix rocailleuses.

— C'est du Beethoven que je vais vous jouer, répondit-il calmement.

Avec autorité il attaqua les premières mesures de la fameuse sonate *Au clair de lune*. Captivé, le public retint son souffle.

Au bout d'un moment, le rythme musical se transforma légèrement. C'était toujours la même sonate mais on pressentait des sonorités différentes. Bientôt, soutenue par la guitare électrique et la batterie de Rick, la partition du grand compositeur se métamorphosa en un morceau de rock. La foule était subjuguée et ravie. A la fin, tout le monde se leva et une formidable ovation accueillit Olivier debout à l'avant-scène de la grande salle de concerts viennoise.

Perturbée, inquiète, Judith jeta un regard vers le directeur du théâtre assis près d'elle. Devait-elle s'excuser de cet impair ? Comment Olivier avait-il osé déformer la musique d'un des maîtres de la musique classique ? Pourtant, elle ne pouvait nier qu'il l'avait fait avec un talent extraordinaire, réussissant à concilier deux genres d'expression apparemment opposés.

— J'espère que vous n'êtes pas contrarié, dit-elle à son voisin qui paraissait ému. Je n'étais pas au courant de cette innovation. Olivier m'avait promis une surprise mais j'en ignorais la nature.

— Je vous en prie, ne vous excusez pas. C'est une gageure fantastique que ce chanteur a réalisée là. Nous redoutons toujours que les jeunes oublient nos grands compositeurs. Il y a ici ce soir des gens qui ont été si prévenus contre les Mozart, les Beethoven, les Brahms qu'ils ne songeraient même pas à écouter leur musique. Eh bien, les voilà renseignés ! Peut-être auront-ils maintenant envie d'en savoir davantage sur les œuvres originales.

— C'est évidemment une façon d'envisager les choses, monsieur Schneider. Vous avez l'esprit très large. Pourtant ne trouvez-vous pas que c'est un peu... eh bien... sacrilège ?

Il rit doucement.

— Vous êtes très jeune, chère mademoiselle. Je ne pense pas que vous puissiez juger. Si Beethoven était vivant aujourd'hui, qui sait s'il n'aurait pas joué ce qu'Olivier a exécuté ce soir ? Non, je ne trouve rien de sacrilège ni d'irrespectueux à tout cela.

Quand Olivier, enfin libéré de la horde de ses admirateurs et admiratrices, regagna sa loge, Judith l'attaqua aussitôt :

— C'était donc cela, ma surprise ?

— Exactement. Qu'en pensez-vous ?

— Vous avez vu la réaction du public. Cela doit vous suffire. Un triomphe. Une ovation pour avoir joué Beethoven sur un rythme rock !

— C'était évidemment un Beethoven différent de celui que vous connaissez. Mais laissons là les réactions du public. C'est la vôtre que je veux connaître.

— Vous avez parfaitement réussi l'arrangement. Quand diable avez-vous trouvé le temps de le préparer ?

— On voit que vous n'assistez pas à nos répétitions et que vous ne vous intéressez que de très loin à nos réunions de travail.

— C'est vrai.

— Jusqu'à présent, dit-il avec un sourire qui découvrait une rangée de dents éblouissantes, vous avez réussi à vous en tirer sans me dévoiler honnêtement le fond de votre pensée.

— C'est que... mes sentiments sont... mitigés. Je suis sûre que personne n'aurait pu réaliser ce genre d'exploit mieux que vous mais j'ai été presque choquée. D'ordinaire on traite les classiques avec respect.

— Donc votre approbation ne m'est pas acquise.

— Vous n'en avez pas besoin, Tom. L'essentiel est

que le public soit content. Or il l'a été au-delà de tout ce qu'on pouvait imaginer. Même M. Schneider était enthousiaste. Vous avez un talent fantastique, vous le savez.

Il lui jeta un curieux regard, mi-amusé, mi-fâché. Judith ne sut quoi ajouter.

— Je suppose que vous rentrez tout de suite ?

— Je n'en sais rien, répondit-elle avec un geste vague de la main. Si vous ne me voyez plus dans les couloirs, c'est que je serai partie.

— Entendu.

Aussitôt après avoir réglé avec le directeur quelques détails techniques pour le concert du lendemain, Judith décida de regagner l'hôtel en taxi. Elle prit un bain et, n'ayant pas la moindre envie de dormir, enfila son jean et son pull jaune. Assise dans un fauteuil, un livre sur les genoux, elle entendit revenir les garçons. Ils riaient dans le couloir et se réunirent dans la chambre voisine. Elle ne comprenait pas ce qu'ils disaient mais l'ambiance était à la franche gaieté et les plaisanteries devaient se multiplier. Pendant ce temps, elle restait là, seule comme une idiote, dans une chambre d'hôtel étrangère. Craignait-elle tant de participer à la vie ? Etait-elle restée la petite fille peureuse à laquelle on interdisait de se joindre aux jeux des autres enfants ? A cette époque, elle était tenue d'obéir mais aujourd'hui, qui l'empêchait de choisir ?

Prenant son courage à deux mains, elle descendit acheter quelques bouteilles de vin et des jus de fruits. Les bras chargés de ses paquets, elle alla timidement frapper à la porte voisine.

— Qui est là ? demanda une voix qui n'était pas celle d'Olivier.

Celle-là, elle l'aurait reconnue entre mille.

— Une Grecque ! répondit-elle.

Pete vint ouvrir.

— Une Grecque en Autriche ? Inattendu...

— Sûrement... Et une Grecque avec des cadeaux

plein les mains en l'honneur de notre premier succès viennois.

— La laisserons-nous entrer ? demanda Pete en riant.

— On pourrait voter, suggéra Gregg.

— Je vous préviens : si vous me chassez, pas de cadeaux !

— Oh ! Alors, c'est l'unanimité. Venez donc vous joindre à nous, belle dame !

La chambre était dans un désordre épouvantable. Elle regarda autour d'elle, l'air malicieux, et déclara :

— Eh bien, les femmes de chambre ne volent pas leur argent ici ! Quel foutoir !

— Pas de commentaires de la brigade féminine, s'écria Gregg. Si vous critiquez la tenue des lieux, vous n'aurez pas le droit de jouer au rami.

— Au rami ?

— Oui. Au gin-rami.

— C'est ce que vous faites à cette heure avancée de la nuit ?

— Exactement.

— Bon. Je joue.

Elle s'assit par terre avec eux. Tom n'avait pas desserré les dents depuis son arrivée et se contentait de la regarder comme un animal curieux.

Judith l'ignora. Qu'il pense d'elle ce qu'il voulait, elle ne voulait pas s'en soucier. De toute façon elle avait décidé d'être de bonne compagnie et de s'amuser.

Le sol était jonché de cartes, de verres à demi remplis de vin ou de soda, de fromages divers et de bonbons. Les garçons lui apprirent les règles du jeu et n'en crurent pas leurs yeux quand elle gagna la première manche.

— Tu es trop bon professeur, Pete ! s'écria Rick.

— La chance sourit toujours aux débutants, répondit-il en plaisantant. Mais elle ne dure pas.

— Qu'est-ce que vous pariez ? demanda Judith.

Et elle gagna la seconde manche.

— J'adore ce jeu, s'écria-t-elle, excitée.

Si mes parents me voyaient, songea-t-elle, amusée, assise par terre, jouant aux cartes avec cinq gars à deux heures du matin ! Et buvant de l'alcool ! Quelle horreur !

— Vous nous faites une visite de charité en somme ?

C'étaient les premiers mots que lui adressait Tom directement. Il les prononça très bas pour qu'elle comprenne qu'ils étaient destinés à elle seule.

— Pas le moins du monde. J'apprends à jouer aux cartes et, au cas où vous ne vous en seriez pas aperçu, je gagne !

— Encore un peu de vin ? demanda Rick.

— Non, merci. Vous voulez m'enivrer, hein ? Pour que je ne puisse plus faire attention à mes cartes. Je suis bien trop maligne pour me laisser prendre à votre manège !

— Quelle fatalité ! Elle m'a percé à jour. Il ne me reste plus qu'à lui offrir des biscuits salés.

Tout en savourant le gâteau nappé de fromage, elle étudiait ses cartes et gagnait pour la troisième fois. Les garçons la menacèrent du regard.

— La prochaine manche, mademoiselle Vanover, vous ne l'aurez pas ! avertit Pete.

— C'est ce qu'on va voir. Je sens que la chance est avec moi. Mais vos biscuits au fromage m'ont donné soif.

— Ah ! Notre stratégie a porté ses fruits, dit Rick en lui tendant la bouteille de vin.

— Elle aurait pu ! répondit-elle en retournant la bouteille d'où il ne sortit pas une goutte. Je crois qu'il va me falloir me contenter d'un soda, à moins qu'il n'en reste plus !

— En voilà un petit fond.

Elle but au goulot sous le regard incrédule de Tom, et fit la grimace.

— Décidément, j'aime tout en Europe sauf le

soda et la bière tiédasses. Quand inventera-t-on la glace par ici ?

Ils firent encore quelques parties mais les bâillements devinrent contagieux. On décida d'aller se coucher.

— Vous viendrez faire du jogging avec nous tout à l'heure ? demanda Rick avec un sourire moqueur.

— Pourquoi pas ?

— On ne vous fera pas courir trop vite.

— C'est gentil. A quelle heure ?

— Huit heures trente précises.

— Pourquoi si tard ? fit-elle malicieusement. On pourrait commencer tout de suite, non ?

— Parce que vous avez peur de ne pas vous réveiller après cinq heures de sommeil ? Manqueriez-vous de courage, par hasard ?

— Non, non, au contraire. Je dirais même que huit heures moins dix me conviendrait mieux !

— Vous viendrez vraiment ?

— On verra bien.

Le lendemain, elle fut exacte au rendez-vous et s'amusa beaucoup pendant cette heure d'exercice en compagnie des cinq amis dont l'humeur joviale était communicative. Tom la regardait de temps à autre avec un air de curiosité mêlé de perplexité. Elle savait que son brusque changement d'attitude le surprenait. Elle-même ne comprenait pas très bien les mobiles qui la poussaient à agir ainsi. Sans doute en avait-elle assez de rester seule, retranchée derrière ses préjugés. Une impression désagréable d'avoir eu des jugements mesquins l'obsédait. Changeait-elle vraiment ? Peut-être le voulait-elle seulement pour justifier ses relations personnelles avec Tom. En tout cas, une chose était sûre : elle se sentait toujours autant attirée par lui.

Un peu plus tard dans la matinée, lorsqu'ils eurent fini de courir, elle les rejoignit à la répétition.

— Qu'allez-vous jouer à Francfort ? demanda-t-elle.

108

— Nous avons eu beaucoup de mal à nous décider, il y a tant de compositeurs célèbres en Allemagne. Finalement, nous sommes tombés d'accord sur Bach... *La Polonaise.* Voulez-vous entendre ce que nous en avons tiré ?

— Bien sûr.

Elle écouta en silence la partition qu'Olivier avait composée d'après l'œuvre de Bach. Elle était aussi brillante et innovatrice que celle réalisée sur la sonate de Beethoven.

— Voilà ce qu'on appelle du rock-Bach ! dit-elle lorsqu'ils eurent terminé.

De nouveau les taquineries, les plaisanteries fusèrent de toute part. Judith se sentait devenir membre à part entière du petit groupe.

Tout se passa merveilleusement dans les villes allemandes : Francfort, Munich, Cologne. Leur périple allait les mener maintenant en Italie et en France, pays que Judith avait toujours rêvé de visiter. Elle se sentit très excitée lorsque l'avion survola Venise.

— La cité des mille gondoles ! murmura-t-elle.

— Mille ! Oh là là ! Vous les avez comptées ? demanda Rick.

— Pas encore. Mais je le ferai, croyez-moi, sans en manquer une seule !

— Voilà qu'elle devient folle !

— A qui la faute ? Je m'occupe d'un groupe qui m'influence, visiblement.

C'était vrai. Peut-être les nouvelles expériences qu'elle faisait dévoilaient-elles une face cachée de sa personnalité. Peut-être aussi que l'amitié toute fraternelle de Larry, Rick, Gregg et Pete la mettait en confiance. Ils la taquinaient sur sa tendance à faire de trop belles phrases et elle riait avec eux lorsqu'ils l'imitaient. Tom la traitait de la même manière et ne faisait rien pour tenter de la voir en tête à tête. Par moments, elle apercevait une petite flamme qui dansait dans ses yeux lorsqu'il la regardait, et qui la bouleversait plus qu'elle ne l'aurait voulu.

A l'hôtel vénitien, ils furent reçus par le directeur en personne, tout rayonnant d'avoir des hôtes aussi importants dans son établissement. Dans un anglais hésitant ponctué de grands gestes théâtraux, il leur exprima sa joie.

— Venez par ici, *signor* Olivier.

Il se dirigea vers une petite salle de fête, au rez-de-chaussée de l'hôtel, vaste, meublée d'un superbe piano à queue et de quelques chaises.

— Cette pièce est à votre disposition, messieurs, pendant la durée de votre séjour.

— Mais notre musique risque de déranger vos clients, remarqua Olivier.

— Ne craignez rien. Les murs sont... comment dites-vous... « isolationnés ».

— Vous voulez dire isolés... insonorisés !

— Oui, c'est cela. Jouez *con libertà*, aussi fort que vous voudrez, à n'importe quelle heure du jour ou de la nuit. Personne n'entendra rien. J'espère que cela vous rendra service.

— Sûrement ! Merci mille fois.

— Il n'y a pas de quoi.

— Mais si ! Que puis-je faire pour vous témoigner ma reconnaissance ?

Le gros Italien hésita.

— Dites-moi ce qui vous ferait plaisir, insista Olivier.

— Vous êtes trop aimable, *signor*. Si c'était seulement pour moi je ne demanderais rien. Mais ma femme, elle me harcèle. Et ma fille aussi. Elles voudraient assister à votre concert, malheureusement, il n'y a plus de places.

Olivier marqua sa surprise.

— Tout est loué ? Déjà ? Mais c'est formidable ! Combien de fauteuils désirez-vous ?

— Deux si c'est possible. Je les paierai volontiers.

— Il n'en est pas question. Vous-même, vous

n'avez pas envie d'accompagner votre femme et votre fille ?

— Je ne veux pas abuser...

— Je mettrai quatre billets dans une enveloppe à votre nom au contrôle, car je suppose que votre fille sera heureuse d'emmener son petit ami.

— *Grazie, signor.* Vous êtes trop bon. Vous nous comblez.

— C'est la moindre des choses.

Le directeur pointa l'index vers le piano et ajouta, non sans fierté :

— Je viens de le faire accorder.

— Raison de plus pour vous gâter. Et n'hésitez pas à venir ici assister à nos séances de travail chaque fois que vous en aurez envie.

Les yeux noirs du brave homme pétillèrent de joie. Il remit à chacun sa clé. Au moment où Judith se détournait pour gagner l'ascenseur, Tom lui caressa les cheveux.

Elle essaya de ne rien montrer mais le simple contact de la main d'Olivier la faisait trembler.

— Comment dit-on « ravissante » en italien ? demanda-t-il.

Sans répondre, Judith gagna sa chambre, négligeant la réflexion de Tom.

Un peu plus tard, elle rejoignit la salle de répétition prêtée par le directeur. Elle savait que tous les garçons y étaient réunis, mais pas un son n'en sortait. Manifestement, les murs étaient parfaitement « isolationnés » !

Quand elle entra, ils ne levèrent pas la tête. Sans les déranger elle alla s'asseoir dans un coin et les écouta travailler un morceau qu'elle ne connaissait pas.

— Zut ! fit Tom. Ce n'est pas ce que je veux.

— Par contre, il y a une bonne nouvelle, intervint Judith, profitant de l'interruption. Je viens de parler à Kurt qui m'a annoncé que *Peine d'amour douce-amère* était troisième au hit-parade de la chanson et que sa cote continuait à monter.

— Voilà le genre de chose qui me plaît infiniment, dit Rick.

Tom parut enchanté mais retourna bien vite à ses préoccupations.

— Reprenez depuis le début. Larry, tu vas te mettre au piano. Il faut que j'écoute de toutes mes oreilles pour capter ce qui cloche.

Il s'assit par terre, à quelques pas de Judith... si près qu'elle n'aurait eu qu'à tendre la main pour lui caresser le cou qui lui parut étrangement vulnérable tout à coup. Elle éprouva l'irrésistible envie de lui prendre la tête sur ses genoux et de passer les doigts dans ses cheveux.

Furieuse contre elle-même, elle se raidit et s'obligea à concentrer toute son attention sur la musique. Lorsque Tom leva les yeux vers elle et la fixa pendant quelques secondes, elle se détourna rapidement. Pourtant, durant ce court laps de temps, elle comprit qu'il avait lu ses pensées... le reflet des siennes sans doute.

Décidément, elle aimait cet homme, bien malgré elle. Pour se défendre, n'avait-elle pas trop vite refoulé ses émotions sous le fallacieux prétexte qu'il s'agissait d'un chanteur de rock ? Il lui était certes pénible de reconnaître la puissance de cet amour mais elle ne pouvait nier qu'en vingt-cinq ans, aucun homme ne l'avait bouleversée à ce point.

Tandis qu'elle remuait ces idées dans sa tête, elle n'en écoutait pas moins la musique. Son oreille exercée perçut quelque chose de dissonant qu'elle aurait voulu signaler tout de suite, mais elle attendit la fin du morceau.

Nerveux et mécontent, Olivier se leva brusquement.

— Je n'arrive pas à saisir ce qui cloche, dit-il avec colère. Quelqu'un peut m'aider ?

Les quatre garçons se regardèrent.

112

— Peut-être que c'est trop lent, suggéra Pete.

— Si vous me permettez... intervint Judith.

— Vous avez une idée ? demanda Gregg, surpris.

— Laisse-la parler, coupa Tom. Elle est musicienne.

— Ah ! vraiment ? Je l'ignorais. C'est un secret ?

— Non, pas du tout, mais je dois la croire sur parole. C'est elle qui me l'a dit. Je ne l'ai entendue jouer que très brièvement à travers une porte fermée. Je serais incapable d'affirmer que ce n'était pas la radio !

— Modeste ? demanda Pete à Judith.

— Non, simplement consciente de ma médiocrité. Comment s'appelle la chanson que vous venez de travailler ?

— Elle n'a pas de titre encore. L'air me poursuit depuis plusieurs jours, mais je n'ai rien mis au point, ce qui m'agace prodigieusement. J'ai envie de tout envoyer promener.

— Ce serait une erreur, dit-elle avec assurance. L'essentiel y est, j'en réponds. On dirait une rhapsodie. Si c'est le cas, Pete a raison, votre rythme est trop lent, beaucoup trop lent. Essayez de la jouer avec plus d'entrain en donnant le thème principal à la guitare électrique. Vous l'avez laissé au clavier, si bien qu'on a l'impression d'un décalage.

Tous la regardaient, éberlués.

— Qu'en penses-tu ? demanda Larry à Olivier.

— On peut toujours essayer, il n'y a rien à perdre.

Ils reprirent le morceau suivant les conseils éclairés de Judith. Le résultat dépassa leurs espérances.

— Mais c'est qu'elle a raison, ça alors ! s'écria Larry quand ils eurent terminé.

— Vous allez me vexer, avec vos airs étonnés

— Oui, reconnut Olivier d'une voix parfaitement calme, Judith a réussi à cerner ce qui n'allait pas. Pourquoi n'écrirait-elle pas les paroles ?

Elle secoua la tête.

— J'en serais bien incapable ! Mais je sens que vous devez en faire une chanson d'amour.

— On pourrait l'intituler *Rhapsodie rock*, dit Pete.

— *Rapsodia amore* serait plus joli. Ce serait un hommage à l'Italie, lieu de sa naissance.

— J'aime bien, intervint Rick, mais personne aux Etats-Unis ne comprendra.

— Les paroles éclaireront le titre.

Judith se mit à faire les cent pas dans la pièce, déclamant les couplets qui lui venaient à l'esprit :

« Rapsodia amore, je chante ton amour passionné, ô toi qui as volé mon cœur et enflammé mon âme... »

Tom la regardait avec une expression étrange. Avant qu'il n'ouvre la bouche pour parler, Rick émit un petit sifflement.

— Bigre, Vanover ! Vous êtes inspirée aujourd'hui. Tom, qu'en dis-tu ?

— C'est un bon départ. Il faut fignoler maintenant. Mais tu vas voir qu'elle exigera des droits d'auteur !

— Et comment ! répondit-elle en riant. Je vous laisse trouver les rimes... je ne suis pas douée du tout ! Je préfère les vers libres.

— On s'y met immédiatement.

Ils travaillèrent tous les six sur la composition des couplets. Lorsque Tom les chanta, Judith sut d'instinct que c'était gagné. Un tube venait de voir le jour... et elle y avait contribué. Judith Vanover avait participé à l'élaboration d'une chanson rock et y avait pris un indéniable plaisir. Quel événement !

Vraiment, il lui arrivait des choses tout à fait imprévues durant cette tournée. Tom la regardait avec tendresse, ce dont elle ne fut ni surprise ni offusquée. Il lui adressa un sourire qui la bouleversa. La tension entre eux devint si forte qu'elle eut l'impression que tout le monde devait s'en rendre compte. Rouge de confusion, elle se détourna et poussa un profond soupir.

— Je propose qu'on aille faire un tour pour se détendre, dit-elle. On a encore beaucoup de temps avant le concert. Le soleil brille, profitons-en. Je vous offre un verre de ce que vous voudrez. En échange, vous m'aiderez à compter les gondoles.

— Marché conclu ! dit Tom.

— Vous êtes sûre de vouloir qu'on vous accompagne tous ? murmura Rick à son oreille.

— Sûre et certaine, chuchota-t-elle.

A haute voix, elle poursuivit :

— Il faut célébrer la naissance de *Rapsodia amore.*

— C'est vrai, dit Gregg avec enthousiasme. Longue vie et grand succès à notre dernière-née.

— Et beaucoup de bénéfices ! ajouta Larry.

— On commence par boire ou par compter les gondoles ? demanda Judith lorsqu'ils furent dans la rue.

— Les rafraîchissements d'abord, demanda Pete. C'est trop dur de se concentrer sur les gondoles quand on a soif.

Quand ils sortirent du petit café où chacun s'était désaltéré selon son plaisir, une brume légère enveloppait la ville, accentuant son mystère et sa beauté. Judith eut le souffle coupé devant le spectacle extraordinaire qu'offrait la place Saint-Marc sous cet étrange éclairage.

— Par où voulez-vous commencer ? La cité est un peu compliquée à visiter. Il y a des quantités de canaux, de ponts, de ruelles et de gondoles.

— Peu importe, pourvu qu'on voie tout.

— Avant dîner ? Avant le concert ? Tout ?

— Absolument, répondit Judith en rejetant la tête en arrière joyeusement. Aujourd'hui, je me sens invincible.

— Bigre ! s'exclama Tom.

— Faites-moi penser à vous acheter un dictionnaire, Olivier ! Votre façon de vous exprimer dans votre langue maternelle n'est guère meilleure qu'en italien.

— Ah ? On m'avait pourtant laissé entendre que j'avais la manière, en italien.

Pas seulement en italien, songea Judith.

Ils traversèrent le petit square qui les séparait du canal. Ils s'amusaient, faisaient les fous, comptaient les gondoles à tue-tête. Soudain, Judith heurta un obstacle, perdit l'équilibre et tomba dans l'eau, heureusement peu profonde. Ils éclatèrent de rire.

— Sortez-moi de là au lieu de vous amuser pendant que je me noie.

Rick et Larry la saisirent par un bras et la ramenèrent sur la berge. Debout sous le soleil de Venise, trempée jusqu'aux os, les cheveux dégoulinants, elle joignit sa gaieté à la leur et ce fut comme un chœur joyeux qui remplissait l'air.

— Vous voyez ! Quand je cesse d'être raisonnable, je deviens idiote. Qui veut m'inviter à dîner dans cette tenue ?

Soudain elle s'aperçut que Tom était resté à l'écart. A quelques mètres d'elle, il la fixait de ses yeux bleu électrique. Elle s'aperçut alors que ses vêtements lui collaient au corps, moulant sa silhouette de façon trop suggestive. Un courant violent comme une lame de fond la secoua. Non, elle n'allait pas se laisser intimider. Rouge de gêne, elle soutint son regard.

— Chez moi ou chez vous, le dîner ? demanda-t-il malicieusement.

Mais sa tentative de plaisanter tourna court. Pour une fois il était hors jeu.

Ils rentrèrent rapidement à l'hôtel. Elle sentit le besoin de rester seule. Plaidant la nécessité de réparer les dégâts causés par son plongeon involontaire, elle leur demanda de ne pas l'attendre pour dîner. Elle mangerait un sandwich dans sa chambre.

De retour chez elle, elle se regarda longuement dans la glace. Qui était-elle exactement ? Ne se trompait-elle pas dans ses jugements sur elle-même ? Depuis la soirée de gin-rami, elle avait plus ou moins cessé de se donner des airs de femme d'affaires. Pourtant, ce soir, elle refit son chignon, sans savoir pourquoi... elle voulait simplement retrouver l'image rassurante de la Judith Vanover à laquelle elle était habituée.

Quand elle rejoignit les musiciens pour se rendre à la salle de concerts, Tom la regarda d'un air énigmatique mais ne fit aucun commentaire.

La représentation fut encore supérieure aux précédentes. Chaque fois que Judith croyait avoir vu le meilleur chez Tom Olivier, il la surprenait en se dépassant. L'atmosphère d'excitation qu'il créait durant chaque spectacle, le désir qu'il provoquait dans le public et sa façon de le rassasier, tout tenait du prodige.

Ce soir-là, en se couchant, elle éprouvait dans la moindre fibre de son corps le besoin d'appartenir à cet homme. C'était terrifiant.

Chapitre 7

LE JOUR TARDAIT À VENIR. AUX PREMIERS RAYONS DU soleil, que Judith accueillit avec impatience, elle enfila son jean, son sweater jaune et descendit faire un tour dans les rues encore silencieuses. Elle s'arrêta dans un bistrot pour prendre un café sans réussir à se calmer : une mélodie obstinée lui revenait tout le temps à l'esprit. Ce n'était pas un air classique ni une chanson d'Olivier mais quelque chose de tout à fait nouveau qui semblait jaillir d'elle et la troublait profondément.

De retour à l'hôtel, elle pria le portier de lui remettre la clé de la salle de répétition.

Elle s'assit au piano et laissa ses mains courir sur les touches d'ivoire. D'instinct elle trouva les notes correspondant à l'air qui l'habitait ; elles sortaient de ses doigts comme par magie. Sur le cahier de musique d'Olivier elle inscrivit rapidement ce qu'elle venait de composer puis répéta le tout en y portant quelques modifications de temps à autre. C'était bon ! se dit-elle, mais il y manquait encore un petit quelque chose.

119

Elle plaquait les derniers accords lorsque, soudain, figée, elle devina une présence derrière elle. Inutile de se retourner. Elle attendit en silence.

— Enfin, murmura Tom, je vous ai entendue ! Pourquoi avez-vous honte de votre talent de pianiste ? Vous devriez en être fière, au contraire.

— Comment osez-vous ?... Vous auriez dû me prévenir que vous étiez là.

— Pour que vous vous arrêtiez immédiatement ? Non, non ! j'avais la possibilité de me faire une idée de ce que vous valez. Je n'allais pas la laisser échapper !

— Et vous êtes content ?

— De quoi ?

— D'avoir constaté que vous m'êtes tellement supérieur ?

— Oh ! Judith, que vous êtes compliquée ! Que vais-je faire de vous ? Ce morceau que vous jouiez, de qui est-il ?

Elle le regarda, toute rougissante.

— De personne ! répondit-elle.

— Comment ? Je ne l'avais jamais entendu auparavant.

— Eh bien, c'est... de moi, admit-elle avec effort.

— Comment l'appelez-vous ?

— Opus 44 ! répliqua-t-elle d'un ton sarcastique.

— Et que sont devenus les quarante-trois premiers ?

Il se moquait ouvertement de sa mauvaise humeur.

— La même chose que celui-ci.

Elle saisit la feuille, la déchira en deux et la jeta au panier.

— Dommage ! C'était très joli.

— Très joli, vous avez probablement raison. Je ne suis capable de faire que du tres joli.

Des larmes de rage lui montèrent aux yeux.

— Voyons, Judith, murmura Tom avec tendresse,

que vous arrive-t-il ? Dites-moi ce qui vous contrarie.

Elle secoua violemment la tête, traversa la pièce en courant et franchit la porte. Il voulut l'arrêter mais elle l'évita et gagna sa chambre où elle s'enferma à double tour. Là, elle se jeta sur le lit et donna libre cours à ses pleurs.

Tom, qui l'avait suivie, se mit à frapper avec insistance. Sans doute désirait-il la réconforter. Tant pis, elle tenait à rester seule. Obstinément, elle refusa de lui ouvrir, s'imaginant qu'il prendrait un malin plaisir à son désarroi.

— Judith, ouvrez cette porte sinon je l'enfonce.

Il était bien capable d'essayer, même s'il avait peu de chance d'y parvenir. Il ne réussirait qu'à se briser un pied ou une épaule. Mais il faisait tant de vacarme là-dehors qu'elle commença à s'inquiéter de ce qu'allaient penser les voisins.

— Judith, cria-t-il comme s'il avait lu dans ses pensées, si je ne peux pas enfoncer cette porte, je vais aller trouver le directeur et lui dire que vous êtes victime d'un malaise. Il me donnera tout de suite un passe.

Quel scandale en perspective ! Judith se redressa, prise d'une colère froide. Sa réputation était en jeu. Elle alla déverrouiller la porte, qu'elle ouvrit brusquement.

— Il était temps, dit-il en entrant sans plus de cérémonie.

— Vous avez une façon de respecter ma vie privée ! D'abord vous écoutez aux portes quand je joue du piano, ensuite vous envahissez ma chambre sans y être invité...

— Votre vie privée ? Jusqu'à présent, je ne pense pas l'avoir attaquée. Je crois même avoir été trop discret. Vous allez me parler maintenant, Judith Vanover.

— De quoi ? Vous êtes venu me consoler de ne pas être une bonne pianiste, me dire que ce n'est pas ma faute... Après tout, c'est vrai, je ne suis qu'une femme...

— Ne faites pas la sotte, ne me prêtez pas des pensées qui vont à rebours de mes sentiments.

— Dieu m'en garde ! Vous semblez toujours avoir plus de mots à votre disposition que nécessaire, grâce à quoi, vous embrouillez tout.

— Vous vous conduisez comme une gosse capricieuse.

— Parce que c'est puéril, à votre avis, d'être irritée du tapage que vous venez de faire en cognant sur ma porte comme... comme...

— Comme un Italien ! A la guerre comme à la guerre !

Judith resta silencieuse un instant, essayant de se ressaisir.

— J'aimerais vraiment mieux que vous partiez, Tom. Si vous tenez à nos futures relations professionnelles, vous n'insisterez pas.

Avec une lenteur calculée, Tom alla s'asseoir sur le lit, ôta ses souliers et s'étendit de tout son long.

— Désolé, mon petit, mais je suis là pour un bon moment. Certes, j'apprécie énormément nos rapports professionnels, comme vous dites, mais nos relations personnelles comptent bien davantage pour moi. Je n'ai jamais laissé tomber un ami en difficulté et, bien que vous ne sembliez pas disposée à l'admettre, vous avez besoin d'aide. Alors, asseyez-vous et parlons tranquillement.

Il lui tendit la main avec une telle expression de tendresse qu'elle sentit fondre son cœur et vint se poser tout au bord du lit, négligeant cependant la main tendue.

— Ah ! Voilà déjà un bon mouvement, Judith. Maintenant, je pense que je vous dois des excuses. Vous m'avez accusé d'écouter aux portes. Ce n'est ni dans mes habitudes ni dans mes intentions. En fait, je ne vous cherchais même pas. Je suis simplement entré et vous étiez là, tellement absorbée par la musique que vous ne m'avez pas entendu. Vous auriez préféré, m'avez-vous dit, que je vous interrompe. Seulement, encore une fois, ce n'est pas dans mes habitudes. Je déteste être dérangé dans mon travail et je pars du principe qu'il en va de même pour les autres.

— Bien, bien... Disons que j'ai réagi trop violemment.

— Sûrement. Je n'ai pas terminé. Je vous ai dit que ce que vous jouiez était très joli et vous l'avez mal pris. Alors, je vais préciser ma pensée ; vous êtes plus qu'une bonne pianiste et vous le savez parfaitement.

Elle secoua la tête d'un air buté.

— Je ne peux pas vous juger très exactement parce que je vous ai peu entendue. De plus, vous interprétiez un morceau que je ne connais pas mais qui m'a paru très riche de promesses.

— Pourtant, il y manque quelque chose.

— Ecoutez-moi, Judith. Ce que je vais vous dire est très important. Si nous avons des goûts différents en musique, nous en avons d'autres en commun. Je sais que vous n'appréciez pas mes chansons rock mais leur réalisation demande du temps et des efforts. Rien ne vient du premier coup. La dernière chanson que j'ai composée m'a posé des tas de problèmes, vous vous rappelez. Eh bien, au lieu de me braquer, j'ai demandé conseil à mes amis, dont vous étiez. Je vous ai écoutée et vous avez vu le résultat. Il se trouve que je m'estime très compétent dans mon domaine, ce qui ne m'empêche pas d'appeler mes camarades à la rescousse. Pourquoi vous croyez-vous obligée de tout faire seule ? C'est stupide ! N'oubliez pas que la misère a besoin de compagnie !

— Vous ne dites que des platitudes, aujourd'hui. Tout y passe !

— Oh ! Judith ! Pouvez-vous m'expliquer pourquoi vous êtes partie en courant et en larmes tout à l'heure ? La situation n'avait rien de dramatique, pourtant !

— C'est que... comment dire... Sans doute ai-je été reprise par les rêves de mon enfance... Je voulais être... superbe comme au temps où je croyais que travailler d'arrache-pied me permettrait de devenir la meilleure. Quand mes professeurs m'ont démontré que je n'y parviendrais jamais, quelle déception !

— Evidemment, votre technique est excellente. Mais cela ne suffit pas pour faire un grand interprète. Il faut une flamme, une originalité, cette petite étincelle qui fait la différence et que vous n'avez malheureusement pas pour l'instant. Vous êtes-vous jamais demandé si la musique classique était bien votre domaine ?

— Je n'en connais pas d'autres, soupira-t-elle, et je n'ai pas envie de les étudier !

— C'est justement le problème ! Vous avez l'esprit étroit. Si vous demeurez inhibée à ce point, comment espérer voir surgir l'étincelle qui mettra le feu à votre talent ?

— Vous me répétez toujours la même chose : j'ai l'esprit étroit, je suis snob... Alors, pourquoi vous occupez-vous de moi et de ma personnalité étriquée ?

Les larmes lui montèrent aux yeux de nouveau et, cette fois, il n'y avait nulle part où se cacher.

— Venez ! fit Tom en l'attirant doucement contre lui.

Elle résista d'abord, raide comme un bâton, puis s'écroula sur sa robuste poitrine. Sans rien dire, il lui caressa les cheveux, attendant que la crise soit passée.

— J'ai été un peu brutal, dit-il enfin. Je n'ai jamais voulu dire que vous étiez bornée. Laissez-moi m'expliquer à l'aide d'une comparaison un peu poétique...

— Tâchez qu'elle soit bonne, au moins !

— J'en réponds. Ecoutez-moi bien.

— Comme au théâtre ! Toujours le théâtre !

— Où est le mal ? Voilà : imaginez un champ bien abrité du soleil et du vent, traversé de part en part d'un chemin très droit et très plat, loin de tout trafic et de tout danger. Il y règne une beauté indéniable et une merveilleuse solitude. Vous avez marché le long de ce chemin toute votre vie sans vous douter qu'il existait d'autres champs, d'autres chemins. Vous avez été tenue à l'écart des choses de la vie, d'où votre manque d'expérience. Il y a d'innombrables horizons à découvrir dont vous ne soupçonnez même pas l'existence. Les possibilités d'expression sont innombrables.

— Je reconnais que vous avez raison. Je n'ai jamais dévié de la route que m'ont tracée mes parents. Mais dernièrement, cette routine a été quelque peu bousculée. Tant de changements sont intervenus que...

— Vous vous sentez désorientée.

— Oui, un peu. Mais je crois que tout le mal vient de ce que j'ai tant souhaité faire une brillante carrière de pianiste. L'échec m'a rendue amère...

— Et au lieu d'essayer d'utiliser vos dons dans un autre domaine, au lieu d'élargir votre horizon, vous avez lâchement choisi de tout abandonner et de jouer du piano dans votre tour d'ivoire, loin de toute oreille indiscrète. Vous savez que je vous considère comme un excellent agent, mais au fond de vous-même, cette situation vous ravit-elle ? Négocier le talent des autres, réaliser leurs rêves pendant que les vôtres s'envolent à jamais, est-ce bien là ce que vous voulez faire toute votre vie ? Personnellement, j'adore ce que je fais, Judith, et cela me satisfait pleinement. Je n'ai aucun regret d'avoir choisi cette voie. Pouvez-vous en dire autant ?

— Quel autre métier aurais-je pu exercer ? Devenir accompagnatrice ne vaut guère mieux.

— C'est à vous d'élucider la question, Judith. A mon avis, vous avez abandonné beaucoup trop vite.

Mais il n'est jamais trop tard pour chercher de nouvelles voies. Certains chemins sont rocailleux et moins sûrs que ceux auxquels vous avez été habituée. Mais il faut apprendre à aimer l'excitation de la découverte, du danger, avec ses peines, ses extases, ses appétits, avant de pouvoir mettre toutes ces émotions en musique... classique ou autre.

Elle poussa un profond soupir et se redressa.

— Tom, dit-elle, vous avez raison et je vous remercie. Je dois en effet prendre mes responsabilités. Peut-être existe-t-il un moyen d'utiliser mon expérience musicale pour un meilleur résultat. Cela vaut la peine d'y réfléchir un peu.

— Beaucoup, même.

Elle le regarda. Il était toujours couché sur le dos, les mains croisées derrière la tête. Il n'avait pas fait le moindre geste déplacé vers elle, se contentant de lui parler comme un véritable ami.

— Pourquoi m'observez-vous avec ce regard étrange, Judith ?

Souriant à demi, elle laissa son regard errer sur le corps de l'homme qu'elle aimait. Car elle l'aimait et le désirait. Peut-être le moment était-il venu de le lui prouver et de prendre quelques risques.

— Je suis prête, dit-elle d'une voix sourde.

— Judith ?

Il prononça son nom comme un avertissement.

— Aimez-moi, Tom.

— Je ne suis pas venu pour cela. Je n'essaie pas de vous séduire.

— Je le sais. Mais... tout de même... vous n'allez pas refuser ?

— Pourquoi maintenant ?

Elle restait immobile devant lui, l'air désemparé, cherchant fiévreusement les mots qui traduiraient fidèlement sa pensée.

— Ne vaut-il pas mieux, dit-elle enfin, agir raisonnablement plutôt que de se laisser emporter par la passion comme la dernière fois ?

— Bien sûr, ma chérie, mais ce n'est pas toujours facile. Parfois on est emporté par une force irrésistible, vous l'avez vécu vous-même.

— Une force irrésistible ! répéta-t-elle comme un écho.

Elle ne le quittait pas des yeux. Il était calme, attentif, et attendait patiemment.

— Je sais que nous avons des problèmes à résoudre, murmura-t-elle, et je comprends qu'à certains moments, vous trouviez difficile de m'aimer. Mais je sais aussi que ce que j'éprouve pour vous est quelque chose de rare. Personne ne m'a jamais autant attirée jusqu'à présent et je pense qu'à l'avenir, il en ira de même. Cette découverte me terrifie, mais il faut que je donne à cet amour une chance de réussir. Sinon, je passerai le reste de mes jours à me dire... à me demander...

Incapable de poursuivre, elle se tut.

— Alors, venez, mon amour, dit-il d'une voix sourde.

Elle jeta un regard inquiet autour d'elle.

— Je choisis bien mon moment, n'est-ce pas ? En plein jour, dans une chambre inondée de soleil... Ce n'est pas très romantique !

Les lèvres de Tom dessinèrent un léger sourire. Elle fut frappée de nouveau par la sensualité de sa bouche.

— Le noir n'est pas synonyme d'amour, vous savez. Il dissimule trop de choses... ces merveilleux cheveux blonds, par exemple, que le soleil fait briller comme de l'or, ce visage aux traits changeants sous l'effet des émotions. Vous m'avez si peu donné de vous jusqu'à présent ! Mais ce peu que nous avons partagé a, dès le premier jour, fait naître en moi l'envie d'en obtenir davantage. J'ai tout de suite éprouvé le douloureux désir de vous posséder.

— Je sais, répondit-elle avec un sourire ambigu, que je ne suis pas laide. Cela fait vingt-cinq ans que je vis en ma compagnie.

— Ce n'est pas la peine de m'en convaincre ! Mais il y a plus. La bonté rayonne en vous comme le soleil. Mais dites-moi, ce bavardage auquel vous vous livrez depuis un moment signifie-t-il que vous avez changé d'avis ?

— Laissez-moi aller me rafraîchir le visage et brosser mes cheveux. Je dois être épouvantable à regarder.

— Je ne me plains pas.

— Vous permettez ?

— Oui, mais vous me promettez de revenir très vite ?

— A moins de sauter par la fenêtre, je ne vois pas où je pourrais aller.

— Alors, dépêchez-vous.

Elle se passa de l'eau froide sur la figure, démêla ses cheveux. Après une hésitation, presque par défi, elle ôta tous ses vêtements, se parfuma et enfila une robe de chambre rose pâle, puis regagna la chambre.

Tom avait tiré un peu les rideaux, pour adoucir la lumière crue qui baignait la pièce. Le lit était ouvert. Debout, torse nu, il regardait par la fenêtre. Quand il l'entendit entrer, il se retourna, sourit tendrement et demanda :

— Vous êtes bien sûre de vous-même ?

Oui, répondit-elle silencieusement. Oui, je suis sûre que j'ai envie de vous... Elle secoua la tête, dénoua la ceinture de sa robe de chambre qu'elle laissa tomber à ses pieds. Il posa sur son beau corps nu un regard respectueux. Elle lui tendit les bras et il s'y précipita, l'étreignit de toutes ses forces. Leurs lèvres se joignirent et elle le laissa dévorer sa bouche.

— Mon Dieu, soupira-t-elle quand il la libéra, comme vous me manquiez...

Elle s'aperçut soudain qu'elle se rappelait mal l'extase de leurs étreintes. Elle laissa glisser ses doigts le long de son dos lisse, sentit qu'il frémissait sous ses caresses.

Blottie contre lui, elle éprouva tout à coup l'impression qu'elle se noyait, qu'elle se perdait complètement dans ses bras. Il l'embrassait passionnément, indéfiniment. Elle commença de défaire la ceinture de Tom, mais ses doigts malhabiles tremblaient. Ses genoux se dérobèrent sous elle. Bientôt, il fut nu. Avec bonheur, elle se serra contre sa peau si chaude. Voilà, songea-t-elle, le plus beau cadeau que Dieu ait fait aux humains... C'était bon, c'était vrai. Nulle honte, nulle pudeur inutile ne vint gâcher son plaisir.

Pressés l'un contre l'autre, ils s'étendirent l'un près de l'autre. Corps imbriqués, chair contre chair... Leur passion s'enflamma jusqu'à tout consumer. Une vague profonde emporta Judith, se calma progressivement puis déferla de nouveau.

Peu à peu, les caresses de Tom devinrent si audacieuses, si affolantes qu'elle perdit toute lucidité. A son tour, elle goûta le corps de Tom avec la plus grande liberté. Lentement, paresseusement, langoureusement ils se caressèrent, s'embrassèrent jusqu'à ce que la brûlure de l'amour devienne insoutenable. Alors, d'un mouvement inexorable, Tom l'emporta sur les ailes du plaisir. Elle s'entendait répéter son nom d'une voix qui semblait venue d'ailleurs.

— Mon amour, dit-il avec tendresse lorsque, haletants, ils tombèrent épuisés l'un contre l'autre. Reposez-vous maintenant. Je suis là. Je ne vous quitte pas.

Quand elle se réveilla, elle s'étira voluptueusement. Son corps lui paraissait différent, plus calme, plus détendu, comme affranchi de toute entrave. La place à ses côtés était vide mais elle entendit couler l'eau de la douche et sourit à l'idée que Tom n'était pas parti. Elle l'attendit et, lorsqu'il revint vers elle,

elle fit semblant de dormir pour le seul plaisir de l'entendre bouger dans la chambre. Apparemment, il s'habillait.

— Je suis réveillée ! dit-elle enfin, tout heureuse de le voir debout devant elle.

— Il est temps, paresseuse. On n'a pas idée de dormir encore en début d'après-midi.

— Où allez-vous ?

— Répéter. Je suis même en retard. Et je n'ai pas déjeuné !

— Voilà que monsieur proteste. Voyez-vous cela !

— Non, pas le moins du monde. Mais je dois avouer que quelque chose... je ne sais pas quoi... m'a donné faim ! Je vais me faire apporter un club-sandwich dans la salle de répétition.

— Allez, mais ne m'oubliez pas, dit-elle doucement.

— Promis. Vous êtes la plus merveilleuse des femmes que je connaisse. Embrassez-moi avant que je ne me sauve.

Il s'assit au bord du lit et se pencha vers elle, emprisonnant avidement ses lèvres.

— Ils vont tout deviner, dit-elle lorsqu'il la relâcha.

— Qui ça ? Les garçons ?

— Qui d'autre ?

— Bien sûr qu'ils comprendront. Non que j'aie l'intention de fanfaronner mais j'imagine qu'ils s'en apercevront tout de suite. J'ai l'impression que c'est écrit en lettres lumineuses sur toute ma personne.

— Moi aussi.

— Cela vous ennuie qu'ils sachent ?

Elle haussa les épaules.

— Je suis timide, vous le savez... et tout est si nouveau pour moi... C'est arrivé si vite. Mais je pense que personne n'y trouvera à redire.

— Judith, je me moque de ce que pensent les autres. C'est ce que vous ressentez, vous, qui m'importe. Je ne veux pas que vous ayez honte.

— Honte ? Pas question. Je vous aime, Tom...
Elle retint son souffle, attendant sa réponse.

— Moi aussi, mon ange, je vous aime. Vous êtes la femme que j'ai rêvé de rencontrer toute ma vie. Vous ne m'échapperez pas facilement !

— Je n'essaierai pas.

— Quand on rentrera à New York, on fera ce que vous voudrez, quand vous voudrez, comme vous voudrez.

— Est-ce une proposition de mariage ?

— Oui, Judith. Je veux que nous restions ensemble maintenant et à jamais. Il nous arrivera peut-être de devoir nous séparer de temps à autre, mais là où vous serez, mon cœur demeurera. C'est ce qui rend la vie digne d'être vécue.

— Que pourrais-je souhaiter de plus ?

— Je l'ignore !

— Evidemment, poursuivit-elle d'un air de rien, on pourrait se marier immédiatement, ici.

Il l'observa fixement. Plaisantait-elle ou non ?

— Il faudrait beaucoup de démarches. Nous ne sommes pas ici pour très longtemps !

Judith se mit à rire.

— Allons au Vatican voir le pape ! Quand vous lui direz que votre frère Mitch est prêtre, je suis sûre qu'il donnera toutes les dispenses nécessaires.

— Grande sotte, va ! Ne vous inquiétez pas, faites-moi confiance.

— Grand sot vous-même ! Je plaisantais, voyons. A vrai dire, je ne m'attendais pas du tout que vous me parliez si vite de mariage. Etes-vous bien certain de le vouloir ? Je n'exigerai pas que...

— Je sais, je sais. Mais j'ai la conviction d'être prêt, quand vous le voudrez, à rendre notre union légale pour que vous n'ayez à rougir de rien. J'ai trouvé la femme idéale, je ne crains pas de m'engager. Assez parlé, maintenant. Il faut que je me sauve.

Quand il l'embrassa de nouveau, Judith l'attira

vers elle et pressa longuement ses lèvres contre les siennes, avec ferveur.

— Si vous n'arrêtez pas immédiatement, je ne partirai jamais d'ici !

— Ce n'est pas moi qui m'en plaindrai !

Il se releva et elle contempla sa haute silhouette qui la dominait. Comme il était beau, son Tom, son amour !

— Levez-vous et allez déjeuner. Je viendrai vous chercher vers sept heures. Après le concert...

— Oui ?

— On verra. J'ai des idées sur la manière dont on pourrait employer notre temps.

— Je n'en doute pas. Je crois que je vais aller m'acheter une robe pour la circonstance. J'en ai par-dessus la tête de mes vieux vêtements. D'ailleurs, il faut que je trouve quelque chose qui convienne à ma nouvelle personnalité.

— C'est-à-dire ?

— Vous verrez, mon amour.

— A ce soir.

Il embrassa le bout de ses doigts et s'en alla.

Quelle matinée ! songea Judith avec un sourire ravi. Si elle avait été devant un miroir, elle aurait sans doute été très étonnée de voir à quel point elle ressemblait à un chaton ronronnant joyeusement après avoir lapé un grand bol de crème.

Chapitre 8

JUDITH ÉTAIT DANS LES COULISSES DU THÉÂTRE OÙ TOM donnait un de ses derniers concerts. Elle le regardait charmer son public, comme d'habitude. Vêtue de la robe noire qu'elle avait achetée en Italie pour fêter sa réconciliation avec lui et la victoire de leur amour, elle sourit en se rappelant la réaction qu'il avait eue lorsqu'elle était entrée dans sa chambre, habillée de ce superbe vêtement haute couture dont la couleur contrastait avec l'éclat doré de ses cheveux et mettait en valeur son teint de blonde. Ses compliments n'étaient pas feints.

— « Je t'aime », chantait Olivier en ouvrant tout grand les bras comme s'il voulait embrasser chacun des spectateurs.

Elle nota le tutoiement, amusée : elle lui avait conseillé de vouvoyer son public, estimant que le « tu » était trop familier. Sa réaction avait été spontanée :

— Mais je suis très intime avec mes auditeurs ! Que peut-il y avoir de plus chaleureux et de plus personnel qu'une soirée passée ensemble à goûter le charme d'une musique qu'on aime ?

Bien entendu, il n'en avait fait qu'à sa tête et elle devait reconnaître qu'il avait eu raison. Elle se sentait fière de lui et respectait les sentiments qu'il éveillait chez ceux qui l'écoutaient. Et puis elle ressentait une pointe d'orgueil à la pensée qu'il séduirait toutes les femmes présentes dans l'assistance. Il était à elle, celui qu'elle aimait et qu'il aimait, à l'exclusion de toutes les autres.

A la fin du spectacle, Judith dut recourir aux gardes du corps pour se frayer un chemin jusqu'à la loge de Tom, à travers la foule des admirateurs encore tout palpitants. Elle entra et verrouilla la porte derrière elle.

— Pourquoi cette précaution ? demanda-t-il, surpris.

Il était étendu sur le sofa, visiblement épuisé physiquement et nerveusement.

— Question de sécurité, répondit-elle doucement.

— De sécurité ? Mes gardes ne sont pas partis, j'espère !

— Non, non, bien sûr. Mais je ne voudrais pas qu'ils nous dérangent.

Etonnée de sa propre audace, elle quitta sa robe et se tint devant lui en sous-vêtements de dentelle noire.

— Détendez-vous, mon amour, et laissez-vous faire.

Elle s'assit près de lui et glissa les doigts dans les boucles de sa poitrine.

— Je n'ai pas encore pris le temps de me doucher. Je suis en nage.

— Aucune importance.

Le désir qu'elle avait senti grandir en elle au fur et à mesure que se déroulait la représentation réclamait satisfaction. Elle voulait se prouver qu'elle était capable d'éveiller en lui la même ardeur. Elle le couvrit de petits baisers et parcourut son corps d'une langue habile et douce. Puis elle posa ses lèvres sur les siennes. Leurs langues se mêlèrent dans un abîme de feu.

— Mon Dieu, que vous êtes bonne, gémit-il. Vous me faites fondre, vous me tuez... Oh ! Judith, je vous en prie, vous me rendez fou.

Sans un mot, sûre d'elle, elle le débarrassa de ses vêtements.

Libre, sauvage, elle l'aima alors de toutes ses forces, l'entraîna avec elle jusqu'à des sommets inconnus. Ensemble ils goûtèrent un plaisir sans pareil. Quand s'éteignit la flamme merveilleuse, elle le serra contre elle à l'étouffer.

— Vous êtes devenue quelqu'un d'autre, Judith Vanover ! murmura-t-il en lui lissant les cheveux.

— Oui... mais qui ?

— Dieu seul le sait ! Qui s'en inquiète d'ailleurs, pourvu que vous ne me quittiez pas. Allez, venez prendre une douche avec moi.

— Ensemble ?

— Pourquoi pas ?

— C'est que... vous savez...

— Non, probablement pas !

— Je n'ai jamais imaginé ce qu'il y avait de si excitant à prendre une douche à deux.

Il éclata d'un rire joyeux.

— Venez, je vais vous expliquer !

Sous l'eau chaude qui coulait doucement sur leurs corps enlacés, il l'aima de nouveau.

— Vous comprenez maintenant ?

— Oh oui ! dit-elle, levant vers lui son visage ruisselant et ravi.

Quand enfin ils sortirent de la loge, les garçons arpentaient impatiemment les couloirs du théâtre.

— Ah ! Les voilà ! Ce n'est pas trop tôt, s'exclama Gregg d'un air sarcastique. Nous sommes là depuis des heures, l'estomac dans les talons, attendant le dîner promis.

— Comment ? J'ai promis un dîner ? Moi ?

— Mais oui, mon vieux, dit Rick. Tu nous as fait miroiter la perspective d'un repas de gourmets après ce concert, avec de l'excellente cuisine française.

— Eh bien allons-y ! Qu'est-ce qu'on attend ?

— Non mais, écoutez-le ! Il nous fait languir pendant des heures et il s'impatiente ? A quoi étais-tu donc occupé ? A quelque chose qui te paraissait plus important que nos pauvres ventres vides ?

Tom sourit mais Judith rougit violemment. Ils regardaient tous avec malice ses cheveux encore mouillés.

— Nous discutions... euh... de choses et d'autres, dit-elle évasivement.

Elle posa la tête avec désinvolture sur l'épaule de Tom qui l'embrassa légèrement sur la tempe.

— Regardez-les ! Deux tourtereaux ! s'écria Larry avec une feinte désapprobation. Je crois que je préférais quand ils se détestaient.

— Pas moi, assura Pete. Je suis pour l'amour partout et toujours. Cette atmosphère romantique me fait regretter ma femme. Heureusement que nous rentrons bientôt !

— Arrête de bavarder et remue-toi un peu ! dit Rick. J'ai envie d'un bon foie gras.

— Vous en avez déjà mangé ? demanda Judith en riant.

— Non, mais on m'a dit que c'est le fin du fin.

Tard cette nuit-là, en rentrant du restaurant, pelotonnée dans le lit et près de s'endormir, Judith murmura :

— Vous savez, je n'y avais pas pensé jusqu'à ce que Larry en parle ce soir. Mais c'est vrai que la tournée est autant dire finie. Il faudra bientôt reprendre l'avion pour New York.

— Contente ou triste ?

— Un peu les deux. Ce voyage en Europe a été

une fête mais mon bureau, mes amis, mon appartement commencent à me manquer.

— J'ai une maison, vous savez, et je tiens à ce que vous veniez la voir dès notre retour. Vous me direz si vous croyez pouvoir vous y plaire. Sinon, on en cherchera une autre. Je tiens à ce que vous soyez avec moi le plus possible même si vous ne voulez pas vous marier tout de suite.

Judith l'embrassa passionnément.

— J'ai été plus heureuse que jamais ces derniers jours. Je ne peux imaginer la vie sans vous. Au moins une fois dans sa pesante existence, Judith Vanover aura décidé de jeter aux orties sa prudence proverbiale et souhaite poursuivre dans cette voie.

— Bravo ! Voilà la femme qu'il me faut.

Sa voix et son visage rayonnaient d'affection et de fierté. Il ajouta avec entrain :

— Demain, on n'a pas de concert. Si on faisait quelque chose de typiquement français ?

— Oh ! Oh ! Méfiance...

— Pourquoi ? A quoi pensez-vous ? Moi, je ne songeais qu'à une promenade à bicyclette à la campagne. On emporterait une baguette de pain, du fromage, une bouteille de vin et on mangerait sur l'herbe.

— Et une couverture.

— Naturellement.

Elle ne sut jamais si Olivier avait poursuivi la conversation car, nichée dans le creux de son bras, elle s'endormit d'un seul coup.

— Il y a des années que je n'ai pas fait de vélo, dit Judith.

— Pas étonnant. A New York, on n'en a pas souvent l'occasion.

On était fin septembre et l'automne s'était définitivement installé, bien que le soleil fût encore tiède. Arrivée aux portes de la ville, Judith sentit la fatigue dans ses jambes. A force de pédaler comme une folle pour rester à la hauteur de Tom, elle avait des crampes. Graduellement, elle ralentit.

— Pressons ! cria Tom.

— Non, je préfère prendre le temps de profiter du paysage. Tout est si beau, si coloré ! On dirait un patchwork tout neuf.

— Paysage, belle excuse ! C'est tout simplement que vous êtes incapable de suivre mon rythme.

— Je ne le peux ni ne le veux. Regardez un peu autour de vous au lieu de passer en trombe devant toutes ces merveilles. Il faut être fou pour s'en priver.

Il attendit qu'elle l'ait rattrapé et se remit à pédaler plus tranquillement.

— C'est joli, en effet, reconnut-il. Très pittoresque, comme les illustrations de contes de fées.

Un peu après, ils mirent pied à terre.

— Je mangerais bien quelque chose, annonça Tom.

Ils s'assirent dans un coin ombragé, bien abrité des regards. Tom déploya la couverture pendant que Judith sortait les provisions du panier.

— En effet, dit Judith avec satisfaction. C'est une distraction très française.

Elle se régala de sandwiches et de vin rouge.

— En tout cas, je me sens très français. Il ne me manque que de parler convenablement la langue.

Il s'allongea et contempla le ciel.

— Quel beau temps ! Je sais que c'est idiot de le dire... mais tout est si gai, si clair, avec ces fleurs multicolores. Même cette vache, là-bas, est d'un châtain plus vif que d'ordinaire.

— Et quoi encore ? fit Judith en riant.

— Ne prenez pas vos grands airs. N'oubliez pas que je suis né dans l'Ohio. New York est une ville excitante mais tout y est gris. On finit par se fatiguer de cette couleur !

— Mes yeux sont gris !

— Ah ! C'est autre chose ! De vos yeux je ne me

lasserai jamais. Ils ne sont pas durs comme le béton ni tristes comme le brouillard. Ils sont d'un gris lumineux comme...

— Comme ?

— Comme l'eau du lac Michigan à l'aube.

— C'est joliment dit, merci ! Avez-vous déjà vu les eaux du lac Michigan à l'aube ?

— Non.

— Ah bon !

Il rit, l'attira près de lui et l'embrassa. Comme à l'accoutumée, leur ardeur s'enflamma rapidement et leurs jeux devinrent de plus en plus fiévreux. Elle glissa les mains sous sa chemise et trouva sa peau nue. Quand il déboutonna son chemisier et chercha la douce plénitude de ses seins, elle ne protesta pas mais se serra langoureusement contre lui, répondant avec empressement à son désir. Un geste qu'il esquissa la fit sursauter.

— Non... pas ici... en plein air...

— Bien sûr que si ! répondit-il à mi-voix.

— On pourrait nous voir.

— Mais non. Nous sommes bien cachés par les arbres et la brave vache monte la garde. Elle ne répétera à personne ce qu'elle aura vu.

Il reprit ses caresses expertes. Dans ce merveilleux coin isolé et verdoyant, baigné par les rayons obliques et dorés du soleil d'automne, ils retrouvèrent cette extase qui leur devenait familière et que l'habitude ne rendait pas moins magique. Ils se laissèrent emporter par le tourbillon de leur passion et burent longuement à la coupe du plaisir.

Lorsqu'ils se séparèrent, Judith ramassa en hâte ses vêtements et jeta un regard coupable autour d'elle. Elle aperçut la vache qui paissait toujours aussi placidement et éclata d'un rire joyeux. Soulagée, elle se mit à balayer du revers de la main les herbes, la terre et les miettes de pain qui collaient à sa peau.

— Vous vous souvenez, Tom, il y a quelque temps

— des siècles, on dirait —, vous avez prétendu que je serais tout à fait à ma place dans des draps de satin mais vous doutiez que je puisse faire face à des situations moins raffinées.

Il hocha la tête, les yeux pétillants de malice.

— Alors, avez-vous changé d'avis à présent ?

— Oui, mon amour. Je vous proclame reine de toutes les situations et ma meilleure amie.

— J'en suis heureuse. Vous êtes le mien aussi.

— Pour toujours.

— Tant que vous voudrez, Tom.

— Alors, buvons à l'amour de ma vie.

Ils finirent ce qui restait dans la bouteille et mangèrent les derniers petits gâteaux. Judith sentait son cœur éclater de bonheur et chantait des actions de grâces pour cette merveilleuse journée. Le temps où elle faisait tant de cas de leurs différences lui semblait révolu. Elle avait exagéré leurs difficultés. Quand l'amour emplit les âmes, rien n'est insurmontable.

Ce soir-là, après le dernier concert, Judith eut quelques détails à régler avec le directeur du théâtre. Tom avait l'air si fatigué qu'elle lui dit de rentrer sans l'attendre. Elle prendrait un taxi.

Bien qu'ils eussent deux chambres séparées, les réservations ayant été faites avant leur départ de New York, Judith passait le plus clair de son temps dans celle de Tom. Elle monta donc directement chez lui. Ce qu'elle vit en ouvrant la porte la laissa sans voix. Elle resta figée sur place, comme percée d'une flèche : une jeune blondinette, apparemment nue, était couchée dans le lit de Tom. Les yeux agrandis de surprise ou de peur, elle tira maladroitement le drap sur ses épaules. Judith s'était-elle trompée de chambre ? Non ! La clé avait tourné sans difficulté dans la serrure, elle voyait ses affaires et celles de Tom éparpillées dans la pièce. Avant qu'aucune des deux femmes n'ait eu le temps de parler, Tom sortit de la salle de bains, une serviette nouée autour des hanches. Son regard alla de Judith à la fille puis revint à Judith. Il ouvrit la bouche pour dire quelque chose mais Judith lui coupa la parole.

— Allez au diable, Tom Olivier, dit-elle, les dents serrées.

Elle s'éclipsa et gagna sa chambre, aveuglée par les larmes. Quelques instants plus tard, il frappait à sa porte. Qu'avaient-ils à se dire maintenant ? se demanda-t-elle. Il l'avait trahie ! Son cœur était sur le point de se briser.

— Laissez-moi tranquille, cria-t-elle, s'appuyant contre la porte en bois.

— Vous savez bien que je finirai par entrer, Judith.

Oui, elle le savait. D'une manière ou d'une autre, Tom réussissait toujours à faire ce qu'il voulait. Même avec elle. Pleine d'une colère difficile à contenir, elle repoussa le loquet et ouvrit.

— Si vous aviez pris soin de verrouiller votre porte, nous n'en serions pas là, dit-elle.

— Parce que vous croyez vraiment que j'avais quelque chose à voir avec cette gamine ?

— Les apparences sont contre vous, Tom Olivier.

Quel acteur ! pensa-t-elle. Il jouait les outragés à merveille.

— Judith, je vous jure que je ne connais pas cette fille.

— Je m'en moque ! Appelez-la « ma chérie » ou « mon amour », peu importe.

— Ju...

— Partez. Nous n'avons rien à nous dire. J'aurais dû être plus maligne et me rendre compte que j'étais idiote de tomber amoureuse d'un homme qui n'a aucun principe et qui galvaude son talent pour se pavaner devant des foules hystériques.

Les yeux de Tom étincelèrent.

— Bravo ! Quel beau discours pour quelqu'un qui

n'avait en principe rien à dire ! Très bien... je vous laisse. Voyez les choses comme vous voulez.

De rage il saisit une chaise et la lança à toute volée contre le mur où elle se brisa.

— Ce n'était pas nécessaire, dit-elle froidement, essayant de prendre un air désinvolte bien que mourant de peur.

— Non, en effet. Vous n'en valez pas la peine.

— Tom...

— N'essayez pas de me contredire. Vous m'avez dévoilé le fond de votre pensée, j'ai bien le droit d'en faire autant avant de partir définitivement. Vous ne vous en êtes jamais débarrassée, n'est-ce pas, de votre merveilleux sentiment de supériorité ? Eh bien, ne vous donnez plus tant de mal pour vous abaisser à mon niveau. La dernière chose que je veux dans ma vie, c'est une mijaurée qui ne me considère pas plus qu'un vulgaire amuseur. Arrangez-vous comme vous voudrez avec la Lauden.

— Vous quittez l'agence ?

— Oh non ! Vous ne vous débarrasserez pas si facilement de moi. La Lauden et moi avons signé un contrat qui me convient parfaitement. Vous pouvez confier mes intérêts à un autre responsable. En tout cas, je vous promets de ne plus jamais m'immiscer dans votre vie privée.

— J'en prends note. Commencez donc par vous en aller. Il est tard, je voudrais dormir.

Bien entendu, elle ne ferma pas l'œil. Comment avait-elle pu agir aussi follement ? Il y avait quelques heures seulement, elle nageait dans le bonheur et, maintenant, elle se sentait complètement abandonnée. Elle n'avait plus qu'à verser des larmes amères sur son bonheur perdu. Mais la douleur qu'elle ressentait était trop profonde pour être soulagée par des pleurs. Silencieuse et immobile, elle resta étendue jusqu'à l'aube.

Quand elle rejoignit le groupe pour se rendre à l'aéroport, elle comprit que Rick, Pete, Larry et

Chapitre 9

ELLE REPRIT LE TRAIN-TRAIN HABITUEL DE SA VIE NEW-yorkaise. Les jours se suivaient et se ressemblaient tous, tristes, monotones. L'impression qu'elle éprouvait d'être devenue un robot la déprimait. Les semaines, les mois passèrent. Son chagrin s'atténua petit à petit mais la blessure ne guérit pas.

Entre le bureau et ses occupations domestiques, la vie lui paraissait ennuyeuse à mourir. Elle acceptait parfois de sortir avec Drew ou d'autres jeunes gens de son monde. Mais ces soirées la laissaient toujours malheureuse et démoralisée. Seul Drew la connaissait suffisamment pour oser faire des commentaires sur son changement d'attitude.

— J'aurais souhaité que nous ayons des relations plus poussées, lui dit-il un jour, mais je me rends compte qu'elles n'auraient aucune chance de réussir.

— Vous en avez l'air ravi, remarqua-t-elle.

— Non. J'accepte l'inévitable, c'est tout. Mieux vaut s'en apercevoir tout de suite que plus tard... trop tard ! Mais nous resterons amis, n'est-ce pas ?

— Rien ne nous en empêche... jusqu'au jour où la femme de votre vie y trouvera à redire.

Drew la scruta longuement en silence.

— Vous pensez à Olivier, n'est-ce pas ? Voilà pourquoi vous êtes si nerveuse et si tendue.

Elle haussa les épaules.

— Nous sommes tellement différents que cela ne marcherait pas, de toute façon.

Mais au fond d'elle-même elle se disait que, si seulement il avait été fidèle, elle ne se serait pas préoccupée du reste.

— Lui et vous êtes trop dissemblables ! Vous et moi sommes trop pareils. Trouverez-vous un jour le juste milieu ?

— Au point où j'en suis, cela m'est complètement égal. Il y a pire que de vivre seule.

Mais elle était assez honnête pour reconnaître qu'elle était désormais incapable d'accepter le rythme régulier d'une existence sans fantaisie. Les mots que Tom avaient prononcés à Venise l'obsédaient : « Je crois que vous avez abandonné trop vite. Il n'est jamais trop tard pour rechercher de nouvelles voies. »

Un soir qu'elle s'ennuyait particulièrement et que son esprit était obsédé par une mélodie étrange et inconnue, elle s'assit au piano, prit une feuille de papier à musique et, après plusieurs heures d'efforts et de travail acharné, elle joua intégralement, avec un sentiment de triomphe, l'air qu'elle venait de composer. Elle l'enregistra même sur cassette et, le lendemain, en revenant du bureau, elle écrivit les couplets adaptés à la mélodie. Ce fut le début d'une longue série de chansons qui naissaient sous ses doigts et de sa plume.

Elle décida d'en envoyer des copies à diverses maisons d'édition qui publiaient des livres éducatifs de musique et guetta impatiemment les réponses. Plusieurs semaines s'écoulèrent avant qu'elle en reçoive une, par téléphone.

— Nous aimerions vous rencontrer pour discuter de votre idée qui nous paraît très intéressante et très commerciale, dit l'homme qui l'avait appelée.

Elle prit rendez-vous pour le lendemain. Comme elle aurait aimé informer Tom de ce succès !

Lorsqu'elle se trouva devant Martin Ashley, le directeur de l'une des plus grandes maisons d'édition musicale de New York, elle discuta avec lui des conditions d'une collaboration fructueuse. Il conclut par une offre ferme qu'elle accepta avec enthousiasme. C'était pour elle une chance inespérée.

— Vous avez fait un travail extraordinaire et très original, lui dit-il. Toute la technique que les élèves des classes moyennes doivent maîtriser est clairement expliquée grâce à vos chansons dont les rythmes sont assez modernes pour attirer les enfants et retenir leur attention.

— Oui. Le procédé m'a paru plus vivant et moins ennuyeux que les livres d'enseignement traditionnels.

— Tout à fait d'accord. Et les couplets ajoutent à l'efficacité de la méthode. Les enfants chantent et jouent en même temps. Vous pensez pouvoir compléter l'ouvrage rapidement ?

— Bien sûr, répondit-elle fièrement. Merci de me faire confiance.

Quelques jours plus tard, elle eut l'occasion de parler de ce contrat à Tom. Il passait assez souvent à l'agence pour ses affaires dont elle continuait à s'occuper car elle n'avait jamais demandé à Kurt de désigner quelqu'un pour la remplacer dans cette tâche. Trop orgueilleuse sans doute pour réclamer cette faveur !

Dissimulant son excitation sous un masque d'indifférence, elle lui parla donc de l'événement comme s'il s'agissait d'une chose tout à fait banale.

— C'est sensationnel ! répondit-il froidement. J'en suis ravi pour vous.

Rick, qui était son préféré parmi les musiciens du groupe, l'invita un jour à déjeuner. Entre la poire et le fromage, il lui dit, après avoir longuement hésité :

— Olivier souffre beaucoup, vous savez ?

— N'a-t-il pas assez de fanatiques admirateurs pour l'aider à surmonter ce mal ?

— Ecoutez, Judith, bien que cela ne me regarde pas, je dois vous dire que vous avez une idée complètement erronée de la situation.

— Vraiment ? Pourtant c'était clair comme de l'eau de roche !

Il poussa un profond soupir.

— Moi qui croyais qu'Olivier et vous, c'était pour la vie... Quand on a suffisamment confiance en la personne que l'on aime pour lui proposer le mariage, il me semble assez insensé d'oser tirer des conclusions hâtives d'une situation ambiguë à première vue et de s'en aller sans même vouloir écouter les explications sous prétexte qu'on est vexée comme un dindon !

Judith pinça les lèvres et se leva, prête à partir.

— Ne vous sauvez pas, Judith. Quoi que vous pensiez, je ne prends pas automatiquement le parti d'Olivier. Je reconnais que les apparences sont contre lui. Si Tom avait vraiment invité cette fille, je comprendrais votre réaction. Mais j'aime et je respecte trop Olivier pour m'en tenir aux suppositions et le croire capable d'une vilenie pareille, surtout après avoir vu la façon dont il se comportait avec vous. J'ai donc fait ce que vous auriez dû faire dès le début : une enquête qui m'a permis de découvrir la vérité.

— Et vous avez trouvé que la pauvre fille était simplement venue chercher du linge à laver mais qu'elle paraissait si fatiguée que Tom lui a proposé de faire un somme dans son lit. C'est bien cela ? demanda-t-elle d'un ton sarcastique.

— Ne soyez pas ridicule, voyons. Tom ignorait

qu'elle était là. Quand il est sorti de la salle de bains et l'a vue, il a été aussi surpris que vous.

— Je suppose que c'est lui qui vous a raconté cette histoire rocambolesque ?

— Oui, mais aussi le chasseur de l'hôtel grâce à qui la jeune femme avait réussi à se faire ouvrir la porte de la chambre de Tom, moyennant un gros pourboire. Ce garçon s'appelle Jean-Marc Vallé, il a été renvoyé de l'hôtel après l'esclandre que Tom a fait. Vous pouvez vérifier, si vous voulez.

Les joues de Judith s'étaient empourprées.

— Pourquoi Tom ne m'a-t-il pas expliqué cela lui-même ?

— Trop fier. Trop ulcéré de voir qu'à la première occasion vous doutiez de sa parole et insultiez son honneur.

— Ah... je vois.

Si ce que Rick venait de lui révéler était exact — comme elle commençait à le croire — elle comprenait tout à coup le comportement d'Olivier.

— C'est à vous de faire le premier pas, Judith, à moins que vous ne l'aimiez plus. Si la vie que vous menez actuellement vous satisfait, alors... laissez tomber.

Judith secoua la tête.

— Je l'aime toujours ! Je ne pourrais pas m'en empêcher même si je pensais que... Mais à quoi bon, maintenant ? Il y a trop de complications, trop de blessures de part et d'autre. Merci d'avoir essayé de tout arranger mais c'est inutile.

Il la regarda, l'air profondément triste et malheureux. Il faillit lui dire qu'elle était stupide mais s'en abstint.

Rues et trottoirs étaient couverts de neige et de verglas. Judith travaillait dur au bureau et, chez elle, à la finition de son livre. Mais ses activités ne changeaient rien à sa solitude. Son lit restait désespérément vide. Aucun homme ne l'attirait. Comparés à Olivier, tous lui paraissaient insignifiants.

Vint la saison des fêtes. Judith alla passer quelques jours chez ses parents.

— Il serait temps de te marier et d'avoir des enfants, lui dirent-ils. Nous aimerions connaître ces joies avant d'être trop vieux pour en profiter.

— Vous avez un prétendant à me proposer ?

— Non, non, avaient-ils répondu en riant. Celui qui te conviendra nous satisfera.

— Même si c'est une vedette de rock ?

Ils prirent la question pour une plaisanterie. C'était si absurde d'imaginer leur sage petite fille ramenant à la maison quelqu'un d'un autre milieu que le leur !

Un matin de février, Olivier passa à l'agence.

— Nous avons reçu les premiers tirages de mon nouvel album, dit-il en entrant rapidement dans son bureau. Je vous en ai apporté un.

— Merci mille fois.

— Il n'y a pas de quoi. J'étais dans les parages.

Il s'en alla, laissant derrière lui un vide glacé, comme si sa courte visite avait réchauffé l'atmosphère pour la geler aussitôt après son départ.

Elle rentra chez elle en voiture. Le trafic était dense. Un peu de musique la distrairait. Elle plaça la cassette de Tom dans le lecteur.

Rapsodia amore était la première chanson de l'album. Elle l'écouta avec nostalgie, retrouvant au passage les fruits de sa collaboration. D'autres chansons se succédèrent qu'elle connaissait et aimait. Tout en y prêtant l'oreille, elle songeait au regard étrange qu'elle avait remarqué dans les yeux d'Olivier. Où l'avait-elle vu déjà ? En y réfléchissant, elle se rendit compte que l'expression d'amère solitude que reflétait le bleu des yeux de Tom était la même que celle qu'elle voyait dans le gris des siens lorsqu'elle se regardait dans le miroir.

Un air qu'elle reconnut mal emplit soudain l'espace calfeutré de la voiture. Les premiers accords réveillèrent en la jeune femme un écho mal défini. Soudain plus attentive, elle ralentit et s'agrippa au volant. Etait-ce possible ? La mélodie était celle qu'elle avait composée à Venise le jour où Tom l'avait surprise dans la salle de répétition. Sans doute en avait-il ramassé les morceaux dans la corbeille à papiers puis en avait-il écrit les paroles. Elle consulta rapidement la liste des chansons répertoriées dans l'album et lut : *Jamais plus, hélas !* musique de Judith Vanover, paroles d'Olivier. Elle voulut la réentendre et fit reculer la bande. La voix profonde d'Olivier chantait :

Jamais plus, hélas ! Quand j'y songe, mon cœur se brise.
J'étais si sûr de pouvoir vivre seul !
Mais tu es entrée dans ma vie
Sans bruit, en douce, comme le zéphyr qui passe
Comme une fraîche mélodie qu'on entend à peine au début
Mais dont l'écho ne cesse de résonner dans mon cœur.
Chaque fois que mon esprit est en repos,
Ton souvenir m'assaille.
Sur le gouffre immense qui nous sépare
Je pleure des larmes amères.
Jamais plus, hélas ! Quand j'y songe, mon cœur se brise.

Les yeux pleins de larmes, elle dut arrêter la voiture au bord du trottoir. Les sanglots la secouaient, libérant la tension accumulée en elle pendant ces mois de solitude. Enfin elle comprenait ce que Tom avait essayé de lui expliquer depuis si longtemps : bien sûr, il existait différents genres de musique, comme il y avait toutes sortes de gens. Qui pouvait prétendre que l'une était meilleure que l'autre ?

Il fallait absolument qu'elle le voie... pour s'excuser au moins. Mais cela lui importait-il encore ? Elle n'en était pas sûre. Pourtant un fol espoir de voir leur amour renaître de ses cendres la poussa à faire demi-tour pour prendre la route de la demeure de Tom. Serait-il seulement chez lui à cette heure ? Et y serait-il seul ? Elle aurait dû l'appeler pour le prévenir de son arrivée au lieu de débarquer ainsi à l'improviste. Mais elle obéissait à un instinct aveugle qui exigeait que la situation soit éclaircie tout de suite.

Quand elle arrêta la voiture devant chez lui, elle était pleine d'appréhension. Traversant le jardinet pour gagner la porte d'entrée, elle fut abordée par un homme qu'elle ne connaissait pas. S'était-elle trompée de maison ?

— Puis-je vous aider, mademoiselle ?

Elle lui tendit une de ses cartes professionnelles.

— Voudriez-vous dire à M. Olivier que son imprésario désire lui parler.

Quelques instants plus tard, l'homme revenait la chercher et l'accompagnait jusqu'au bureau où travaillait Olivier. Le sol était jonché de feuilles de papier à musique raturées ou déchirées. Dès qu'elle parut, Tom la scruta, essayant visiblement de deviner la raison de sa visite.

— Entrez donc, dit-il d'une voix sourde.

— J'espère que je ne vous dérange pas.

— Pas le moins du monde. Comme vous le voyez, l'inspiration ne vient pas !

Il était en jean et en pull de laine marron. Les revers de sa chemise dépassaient de l'encolure, un peu de guingois, et elle refréna l'envie de les remettre d'aplomb... de le toucher, lui ! Debout à distance, elle restait immobile comme s'ils n'avaient jamais été des amants passionnés.

— Ainsi vous avez volé ma chanson, dit-elle tranquillement.

Ce n'était pas exactement ce qu'elle était venue lui dire mais les mots lui avaient glissé des lèvres.

— Vous l'aviez jetée !

— Sans aucune intention de vous la donner.

— Je vous en ai reconnu la paternité musicale.

— En effet. Cela m'a fait plaisir, bien que ce ne soit pas tout à fait juste. Je n'ai fourni que la trame et vous avez fait le reste. C'est vous qui avez rendu la chanson vivante !

Il haussa les épaules.

— C'est ce qu'on appelle collaborer... une excellente méthode de travail, à mon avis. Vous êtes fâchée ?

Elle ne répondit pas, souhaitant désespérément pouvoir lire ses pensées dans ses yeux. Elle ne voulait rien d'autre que son amour. Ne s'en rendait-il pas compte ? Ou bien s'en moquait-il désormais ?

— C'est une merveilleuse chanson, poursuivit-elle, continuant à jouer ce jeu étrange qui ne menait nulle part. Je crois qu'elle va nous rapporter de l'or.

— Je l'espère bien !

— Merci d'avoir sauvé mon idée de l'oubli !

Il ne répondit pas et elle ajouta, mal à l'aise :

— Bon. Alors, à un de ces jours.

— Judith ?

— Oui, Tom ?

— Avez-vous bien écouté les paroles de la chanson ?

— Oh oui ! Me seraient-elles destinées, par hasard ?

Elle n'osait pas regarder l'azur de ses yeux.

— Pour qui d'autre les aurais-je écrites ? Depuis que vous êtes partie, j'ai passé mes loisirs à fignoler ces couplets. Je voulais de toutes mes forces qu'ils vous ramènent à moi.

— Vous y avez réussi, Tom !

— Ce n'est pas possible...

— Je suis là, non ? Cessez de parler, mon amour, et prenez-moi dans vos bras.

Il la reçut contre lui et la serra tendrement. Ils s'étreignirent longuement, doucement d'abord puis de plus en plus fougueusement, remplissant la pièce de leur musique personnelle qui ne ressemblait à nulle autre. Elle se déployait dans toutes les directions, en toute harmonie.

Leur partition n'était écrite ni en clé de sol, ni en clé de fa, mais tout entière composée en clé d'amour...

Ce livre de la *Série Coup de foudre* vous a plu.
Découvrez les autres séries Duo qui vous
enchanteront.

Désir, la série haute passion, vous propose
l'histoire d'une rencontre extraordinaire entre
deux êtres brûlants d'amour et de sensualité.
Désir vous fait vivre l'inoubliable.

Série Désir : 6 nouveaux titres par mois.

Harmonie vous entraîne dans les tourbillons d'une
aventure pleine de péripéties.
Harmonie, ce sont 224 pages de surprises et
d'amour, pour faire durer votre plaisir.

Série Harmonie : 4 nouveaux titres par mois.

Amour vous raconte le destin de couples
exceptionnels, unis par un amour profond et
déchirés par de soudaines tempêtes.
Amour vous passionnera, *Amour* vous étonnera.

Série Amour : 4 nouveaux titres par mois.

Série Coup de foudre : 4 nouveaux titres par mois.

DIANA MORGAN

Une inoubliable rencontre

Un piéton, une voiture, du verglas...
un choc! Marion Simpson vient de rencontrer
Brick Parker. Séduisant en diable,
plein d'énergie, il déroute la jeune femme
autant qu'il l'attire.

Mais une entente est-elle possible
entre une brillante universitaire, spécialiste
de littérature, et un champion de hockey
adulé du public? Marion n'a jamais
éprouvé pareil émoi.

Elle a beau s'en défendre, elle ne rêve plus
qu'à Brick, à son regard profond,
à son charme sauvage. Et si pour lui
ce n'était qu'un jeu?

JOAN WOLF

Cecilia, mon amour

Bien sûr Cecilia sait
qu'elle est jolie, attirante,
et qu'elle a tout pour plaire.

Mais que Gilbert Archer veuille l'épouser,
non, elle n'arrive pas à y croire.
Lui, le grand patron de presse, richissime,
doué de tous les pouvoirs – et si beau! –,
n'est-il pas en train de faire un caprice?
Le monde brillant, luxueux, où il veut
l'entraîner n'est-il pas truffé de pièges?

Séduite, désemparée, Cecilia s'interroge
inlassablement: Gilbert Archer s'imagine sans doute
qu'il peut l'acheter, comme le reste.
Mais l'amour, le vrai amour, a-t-il un prix?

Série Coup de foudre

FRANCINE SHORE

Tant de désir

Chargée d'un reportage sur une nouvelle
usine, la jeune journaliste Lynn Edmonds
va devoir rencontrer celui que personne ne
connaît vraiment: le mystérieux Dane Vestry,
propriétaire de l'entreprise.

Comment pourrait-elle deviner que l'amour
les attend au rendez-vous?
Entre Dane et Lynn naît une merveilleuse
entente, faite de passion et de tendresse.

Hélas! Le patron de la jeune femme
insiste pour qu'elle profite de sa situation
et recueille les confidences
les plus indiscrètes. Que faire?
Renoncer à son bonheur tout neuf ou ruiner
sa carrière? Désespérée, Lynn doit
le reconnaître: elle est prise au piège.

Série Coup de foudre

Ce mois-ci

Duo Série Harmonie

Duo Série Désir

Duo Série Amour

Achevé d'imprimer sur les presses de l'Imprimerie Bussière
à Saint-Amand-Montrond (Cher)
le 22 avril 1985. ISBN : 2-277-82002-4.
Nº 735. Dépôt légal mai 1985. Imprimé en France

Collections Duo
27, rue Cassette   75006 Paris
diffusion France et étranger : Flammarion

Coup de foudre